爱上阅读·中小学生晨读精品选

高长梅　许高英　主编

青春笔记

袁芹　著

九州出版社
JIUZHOUPRESS｜全国百佳图书出版单位

图书在版编目（CIP）数据

青春笔记 / 袁芹著. -- 北京：九州出版社，2014.3（2021.7重印）

（爱上阅读：中小学生晨读精品选 / 高长梅，许高英主编）

ISBN 978-7-5108-2757-0

Ⅰ.①青… Ⅱ.①袁… Ⅲ.①散文集 - 中国 - 当代Ⅳ.①I267

中国版本图书馆CIP数据核字（2014）第041948号

青春笔记

作　者　袁　芹　著

出版发行　九州出版社

地　　址　北京市西城区阜外大街甲35 号（100037）

发行电话　（010）68992190/3/5/6

网　　址　www.jiuzhoupress.com

电子信箱　jiuzhou@jiuzhoupress.com

印　　刷　北京一鑫印务有限责任公司

开　　本　720 毫米 × 1000 毫米　16 开

印　　张　9

字　　数　150 千字

版　　次　2014 年 5 月第 1 版

印　　次　2021 年 7 月第 6 次印刷

书　　号　ISBN 978-7-5108-2757-0

定　　价　36.00 元

阅读随想（代序）

爱上阅读。阅读能使我们进一步获取智慧，获取解决问题的方法与能力。

微信中，有一篇叫《读书的十大好处》的文章流传颇广。它概括的所谓十大好处独树一帜：1.养静气，去躁气；2.养雅气，去俗气；3.养才气，去迂气；4.养朝气，去暮气；5.养锐气，去惰气；6.养大气，去小气；7.养正气，去邪气；8.养胆气，去怯气；9.养和气，去霸气；10.养运气，去晦气。

微信中，还有一篇文章也被大量转发，叫《读书是最好的美容》。文章认为，"人通过读书，在幽幽书香潜移默化的熏陶下，浊俗可以变为清雅，奢华可以变为淡泊，促狭可以变为开阔，偏激可以变为平和"。的确，打开书，便打开了一扇面对世界的窗口，你读天，无际的长天予你灵性；你读地，宽厚的大地赠你理性。打开书，便打开了一面审视生命的镜子，那扑面而来的真善美令人陶醉。

还是微信中的一篇文章，叫《通过阅读解决自己的困惑》。文章认为，阅读不能仅仅是小清新、轻口味、品时尚的浅阅读，有时还得"重口味"。阅读即要脚踏实地，要观看现实，了解人类文化的百态，知识的种种。但是只看"大地"那是不够的，还需要仰望星空，还要读读诸如《论语》、

《庄子》之类的书，以加深我们对人性的理解且不丧失对智慧的信心。

再引用著名作家王蒙先生2013年9月发表在《人民日报》上的《"攻读"的日子哪里去了》中的一段话：离开了阅读，只有浏览与便捷舒适的扫描，以微博代替书籍，以段子代替文章，以传播代替学识，以表演代替讲解，将会逐渐使人们精神懒惰，习惯于平面地、肤浅地接受数量巨大、获得廉价、包含着大量垃圾赝品毒素的所谓信息，丧失研读能力、切磋能力、求真求深的使命与勇气，以至连讨论追究的习惯也不见了，苦思冥想的能力与乐趣也没有了，连智力游戏的水准也降到幼儿级别以下了。这样下去，我们会空心化、浅薄化与白痴化，我们的宝贵的头脑的皱褶将渐渐平滑，我们的"灵"的思辨思维功能将渐渐萎缩，而我们的大脑将只剩下海量获得八卦式的信息然后平面地记忆下来、转销出去的"肉"的能力。

杨绛说得更好：读书正是为了遇见更好的自己。读书到了最后，是为了让我们更宽容地去理解这个世界有多复杂。

爱上阅读。阅读提升我们的素养，阅读最终将改变我们的人生。

目录
contents

PART 1
青葱岁月

PART 2
行走在水边

PART 3

紫藤花开

PART 4
秋天里的华尔兹

PART 5
天使在成长

>>>>> PART 1

青葱岁月

开什么花就会结什么果,人生没有重来,没有第二次可以选择。青春可以荒唐、可以执拗、可以迷茫,但绝对需要理性和智慧。

西施和范蠡

浦阳溪畔,柳枝摇曳,野花竞艳,西施站在她每天浣纱经过的石桥上眺望。风儿轻抚她的长发,她的白衣胜雪,衣袂飘飘。她那抹忧郁的眼神,在范蠡的眼中,如同微雨中含愁的玫瑰。

这次去吴国,不知何时才能回家,也许永远也回不来。望着,望着,西施泪水盈盈。范蠡掏出方巾轻轻拭去她的眼泪。

"范大人,我会成功吗? 我还会见到你吗……"话未说完,她又哽咽。

范蠡轻轻环住西施纤细的腰。他坚定地说:"你会成功的,我会在西湖上等你凯旋,无论是十年还是二十年,我会永远等着你回来。"

"绿菲,你过来,见过小姐。"这时从范蠡贴身侍卫文康身后,袅袅婷婷走出一个清秀的女子。

范蠡向西施介绍道:"这是文康的师妹,别看她长得秀雅,她可是越女剑高手,你们在吴国以姐妹相称,绿菲为姐,你为妹,她会在事成之后,将你安全送到西湖。"

西施和范蠡沿着浦阳溪缓缓而行。西施眷恋的目光,似乎要把这里的风景铭刻于心。范蠡采摘路边缤纷的野花,绕成一个花环递给西施。文康师兄妹远远地跟随。范蠡神色凝重地对西施说,计杀伍子胥和让吴王沉溺玩乐不思朝政,这两点是你此行成败关键所在,切记。

西施和绿菲的銮轿已渐渐远去了,进入了吴国的后宫。那一刹那,范蠡的心尖锐地疼痛,他的眼泪汹涌而出。

春宵宫里,西施身穿轻纱翩跹起舞。她粉色纱衣坠着无数小铃铛,随着她曼妙轻盈的舞姿,叮当清脆。悠悠铃韵,空灵飘逸。沉鱼池里,西施和吴王在水中尽情嬉戏。整日里,吴王夫差恍恍惚惚,好像西施是空中飘来的仙子,稍不留意,她会凌空飞去。他多情的目光时刻伴随着西施。

集吴王万千宠爱于一身的西施,心情愉悦时,笑靥丽若桃花灿烂。可是她的笑容,像天上的彩虹难得一见。她蹙眉抚胸娇弱的模样,在吴王的眼中,像淋浴着春雨的梨花,让吴王既迷恋又爱怜。

吴王以为西施思恋家乡,于是大兴土木。他要为西施建造独一无二的馆娃宫、响屐廊,在宫中修筑类似浦阳溪的小溪。巨额花费弄得百姓怨声载道。吴王为了达到他的目的,不惜冤杀劝诫他的忠臣。对于世事纷扰,伍子胥选择沉默隐忍。

一日,在夕照最后的霞光里,西施摇摇欲坠,倒向前来应吴王召见的伍子胥,伍子胥本能地上前抱住西施。西施的泪水顿时夺眶而出,她凄婉地喊道:"你非礼我,我不活了。"这一幕,被稍稍来迟的吴王看到,他热血奔涌,脸颊刻间涨得通红,命令侍卫将伍子胥打入天牢。

对于处斩伍子胥,吴王一直犹豫不决。一天拂晓,吴王醒来,发现了用一条白凌自尽的西施。西施被救时,已经奄奄一息。处于疯狂状态的吴王,恶狠狠地对御医道,救不活西施,你们一律处死。当西施一双忧郁的眸子,清澈无比地看着吴王,那一刹那,吴王才明白,什么是执子之手,生死契阔,如果没有了西施,他的人生还有什么乐趣。第二天,他为了心爱的女人,处斩了伍子胥。

处斩伍子胥后,西施心痛不已,她暗暗啜泣,伍子胥是她最敬重的英雄。为了她的国家,她成了十恶不赦的罪人,她秋水一样的眸子透出迷茫,她要尽快回到范蠡身边,和他一道隐入江湖,过闲云野鹤般的生活。

多年后的一天,宫内大乱,宫女、侍卫慌乱逃窜。绿菲和西施换上侍卫的衣裳,在夜色掩护下逃出宫去。

三年后,西子湖畔,落日熔金,碧波轻漾。已辞官的范蠡脸色忧郁地站在船上,他轻吟道:西风吹断回文锦,鸳鸯飞去,残梦蓼花深,西施啊,你在哪里? 三年来,范蠡和文康辗转打听到多种版本的传闻,关于西施的去向,众说纷纭,说西施已被勾践夫人沉入湖底,说西施已被吴王夫差勒令自尽。可范蠡坚信有朝一日,西施会回到他的身边,他日日泛舟西湖等着西施归来。

文康发现一叶小舟向他们驶来,那舟上俏立的人儿不正是主公日夜想念的西施。渐渐地,近了,近了,西施和范蠡四目相对,两人的眼睛渐渐湿润了。

虞美人

晓风残月,蜡梅花开,烛影摇曳,霸王宫里,一代美人虞姬心事重重倚在窗前,眸子里弥漫着忧伤。主公一天滴水未进,宫里人人自危,十分静默。

虞姬问侍女:主公喝了参汤吗?

侍女摇了摇头。她已经送了好几趟,无奈主公不加理睬。

虞姬微蹙着眉道:你没说是我亲手熬制的吗?

侍女道,说了。

哦。虞姬轻轻地叹息。

虞姬其实对前方战事所知不详,只知霸王神色凝重一日甚于一日,疲乏不堪,常常在噩梦中惊醒,有时莫明其妙地捧着虞姬的俏脸,怜爱地端详她,让她莫名地惊悸,以前霸王可不是这样子的。

那日初相识,翠柳含烟,细雨迷蒙,虞姬隔帘偷望,霸王龙腰虎背端坐在堂前,只见他剑眉朗目,棱角分明,气势逼人,谈话间流露出一股傲视群雄的气度。初见此人,虞姬悄然生出几分爱慕之情。

待到虞姬歌舞在堂前,她袅袅娜娜挥起水袖,轻盈如蝴蝶飞舞,翻转如落英缤纷,声音清亮如山中流泉。眉目如画,清丽绝伦,舞毕虞姬朝霸王盈盈一笑,眼角眉梢,柔情蜜意。面对如此天香国色之佳丽,终年驰骋战场的霸王不免儿女情长,柔肠百转,望着虞姬离去的背影兀自出神。

翌日,霸王带着重金求婚,虞姬父亲知女心事欣然许之。

婚后两情缱绻,霸王日夜沉醉在虞姬温柔乡中,须臾也不愿分离,面对霸王三千宠爱于一身。虞姬暗自欢喜,却又怅然若失。

一日,霸王拥着虞姬饮酒作乐,趁着霸王兴致正浓,虞姬对霸王说,贱妾近日新琢磨了一套剑舞,给主公助兴如何?

只见软帘揭处,虞姬男装女扮,身穿银盔,娥眉淡扫,比起平时柔媚的她,给人耳目一新的感觉,霸王眼中闪出惊讶的神色。

虞姬凝目贯神,抽剑利落潇洒,动作变幻莫测,有时如长虹游龙,行云流水,有时沉稳。锋利的宝剑和身姿娉婷的美人刚柔相济,这场景令人荡气回肠,豪气顿生。霸王恍然大悟,多么聪慧的爱妾啊!霸王又驰骋沙场立志于天下。

虞姬想起往昔岁月,一行清泪流了下来。有夜风无声无息掠过,她不由战栗了一下。虞姬吩咐侍女,去把主公的紫貂披风取来。

侍女应声而去。

虞姬揽镜自怜,十年光阴,镜中的她依然美艳如花,她描眉抹唇,略施粉底。

霸王斜卧在榻前疲乏地睡了,虞姬轻轻地把紫貂披风披在霸王的身上,忧心忡忡地陪在一侧。

不知何时,寂静的夜中依稀传来歌声,渐渐歌声愈来愈清晰,四面八方都有,霸王惊醒,大为惊骇,敛神听了一会儿,和虞姬相拥而泣。侍卫们也忍不住啜泣不已。

霸王的宠将吉人匆匆赶来,跪在地上,主公,我们快冲出去吧。

霸王握住虞姬的手,对吉人道,我走了,爱妃怎么办?

此时从宫外连续进来霸王的爱将,他们苦苦哀求,主公,我们保护你走。

霸王朝他们挥了挥手,大吼一声,拿酒来。

虞姬此时想道,承蒙主公垂爱,自己一介女流,无以为报,何不了此残生,让主公无羁绊而去,东山再起。

主意既定,虞姬轻柔地对霸王说,主公,贱妾用剑舞给你助兴如何?

虞姬满头珠宝,绣花丝裙,白貂披风,手中舞动宝剑,在烛光映照下,宝剑寒气逼人,闪烁着凛凛光芒。剑光时快时慢,曼妙的身姿如灵巧的蛇,一会儿似急风暴雨,一会儿宛如分花拂柳之蝶翼,虞姬清亮的双眸是坚毅的。霸王看过虞姬无数次剑舞,往常虞姬都是身穿银盔,英姿飒爽,可此刻不知为何感到无比凄凉。

虞姬凄婉地望了霸王一眼道,主公珍重。随即挥剑自刎,刹那间,长剑坠地,霸王眼里是一片血色桃花,他惨叫:爱妃,爱妃,霸王失声痛哭,泪如泉涌。

绝代佳人顿时香消玉殒,窗外蜡梅花纷纷飘落。

烟雨西湖

"欲把西湖比西子,淡妆浓抹总相宜。"这首脍炙人口的古诗风情万种地流传至今。试想当年,宋代才子苏轼背着手,衣袂飘飘地站在画舫之中游览西湖。他放眼望去,远山如黛,波光潋滟,桃花初绽,柳丝袅娜。此时的西湖在才子心中，犹如绝代佳人西施，既有超凡脱俗的清丽，又有绝世的雅致。西湖，多少人因这首诗低吟浅唱慕名而来。

我与西湖初逢，西湖正沉浸在烟雨时分。霏霏雨丝漫天飞洒。湖水、行人、断桥、三潭印月、苏堤、白堤，都笼罩在薄薄的雨雾里。近处柳叶依依，湖水秀逸，远处楼台山峦迷蒙茫茫。杭州城灰色的楼宇矗立在西湖一隅，真有多少楼台烟雨中的气势。此时倘若从任何角度截取选景，西湖都是一幅意境典雅的水墨画，氤氲含蓄，浓淡相宜。

西湖是流传千年的名胜古迹，这里沉淀着中国几千年的文化底蕴，灰墙黛瓦，亭台楼阁，湖中小岛，都引人遐思。你可以安然恬静撑着一把花枝伞，徜徉在绿树葱茏花儿明丽的苏堤，堤两边是翡翠样的森森绿水。这时的西湖有着古朴灵秀的气质，和着单纯淅沥的雨声，有着一种纯粹简单的幸福。

在烟雨中，可以驰骋放纵自己的想象力，仿佛邂逅才华横溢放荡不羁的苏轼，他虽历经仕途坎坷，却精神矍铄；邂逅真情率性一代名妓苏小小，她仿佛乘着油壁香车缓缓而来，偶尔她从车中探出头来，眼神迷离幽怨。"妾乘油壁车，郎跨青骢马，何处结同心，西陵松柏下。"又有谁能解她悠长深幽的心事？我在默默猜度着她有着怎样的绝世容颜，慧质兰心。同为女性，我懂得她，满怀柔情蜜意，一个字，一句词，皆是用一缕缕情丝凝结起来，隐隐透露着两情相悦的喜悦。只是佳人她出身于勾栏，才子出身官宦世家，且他父亲又是当朝宰相。苏小小企盼获得平等爱情，宁为玉碎，不求瓦全，坚决不做小妾。才子佳人的爱情，岂是他们自己能做得了主的，初时缱绻缠绵，结局终是落花流水春去也。挥之不去是她点点泪光。她一生追求真爱，不畏强权，国色天香又如何？难觅有情郎，任一腔情思寄情于西湖，生生世世与西湖天长地久。

西湖的雨时而雨打芭蕉，时而如杏花纷飞。在这断桥之上，沐着杏花一样的雨丝，此情此景正合了我心事。西湖本应该含着轻愁笼着怨的。据传白娘子就是在这断桥之上，在细雨中与许仙邂逅定情，从而演绎了流传千古的爱情神话。看到断桥桥未断，我寸肠断，一片深情付东流，白娘子凄婉哀绝的唱腔犹在耳中，绵绵不绝。相爱不能到白头，空留余恨，暗自神伤蹉跎。泠泠的西风，灰色的苍穹，墨绿色的山麓，粼粼的湖水，夺拉的柳枝，即将凋谢的花朵，是谁的眼泪在飞？断桥上熙攘往来的人群，是凭吊天下第一情人桥的爱情悲剧？

"留得残荷听雨声。"此时曲院风荷的荷叶仍是鲜活生动的，虽已萧瑟秋意了二三分，但还有脂的质感，绸缎的光泽。田田的荷叶自由舒展参差不齐地伫立在湖面上，一大片，一大片，真实呈现在眼前，它们有种遗世独立的美丽。这时节自然是不见荷花的倩影，我思忖如果这满院的荷花开放，应该妖娆端丽得惊心动魄吧，因我看过洪湖盛景中开放的荷花，西湖的荷花种类尤其多，且与众不同，自然也别有风情。

先是淅淅沥沥的雨，转瞬间雨以雷霆万钧，纵横驰骋，天地间混沌一片，远处的风景都笼罩在轻烟雾霭中。我坐在亭里悠然品着西湖龙井，欣赏着雨打荷叶，无数的雨珠滚落在荷叶上，晶莹剔透，娇弱的荷叶仿佛不堪重负，在雨中轻颤着瑟缩着，无处落脚的雨珠又溅落到湖面上，这时只听见滴答滴答的声音。这时的世界是多么清明恬淡啊，说不出的感动，心中充溢着柔软的情感。人生中愿时时如此时。

"平湖一色万顷秋，湖光渺渺水长流，秋月圆圆世间少，月好四时最宜秋。"西湖的平湖秋月和三潭印月都是西湖十景之一。皓皓的圆月清朗地挥洒在粼粼碧波之上，或是一钩新月独上柳梢头。不过今晚月亮决计不会出来了，虽然今天是八月十五中秋节，可是西湖此时是黑沉沉的天，天空依旧飘洒着雨丝，一刻也不停歇，未能看到西湖融融秋月，也算是此行的一丝遗憾吧。不过有一轮满月清辉在我心中，那就是苏轼的一首诗：但愿人长久，千里共婵娟。

上海，我的前世

上海情结

入夜，我伫立在外滩边良久，任黄浦江的水风轻轻吹拂我的发丝。夜色迷蒙中的外滩处处流光溢彩。五彩缤纷的霓虹灯明明灭灭，恍恍惚惚，闪着魅惑的光芒。光的碎影洒落在黄浦江里轻轻荡漾、荡漾，闪着无数个光怪迷离细碎的光影，极具不真实感，人好像处在真实与梦幻之间。一艘美轮美奂的豪华游轮缓缓地驶过东方明珠。有游客在尖叫，有游客在拍照，有游客在轻言细语地交谈。这是在外滩，每晚有无数和我一样的游客从四面八方聚拢来，万众瞩目地欣赏外滩的风景。

这是我第三次去上海。每次去上海，我都要到外滩。从白日到夜晚，我独自一人伫立在黄浦江边，不喜任何人打扰，我也不会理会周遭的一切。仿佛此时的外滩，就是我一个人的外滩。就这样一个人，默默地看着一江春水，缓缓地流过。任时间也轻轻地流过。我与外滩是如此契合熟悉，没有丝毫的拘谨和陌生。

到了外滩，我总是悲喜交集，仿佛上海就是我的前世，我似乎循着一种深入骨髓的气息轻车熟路而来，好像是赴前世的一个约会，此刻我是如此的迷惘。我在想一些未知宿命的命题。前世我在哪里？我到底是谁？我为什么会来到这里？我是如此的眷恋着外滩。为外滩所痴迷。就像爱一个人，一见钟情，喜欢没有缘由，注定就是前世的缘分，今世的纠缠缱绻。

　　晨曦中的外滩又是另外一番风情，呈现出一种清丽、疏朗、干净的气息。那一幢幢那一排排庄严的气势磅礴的欧式楼宇，气势凛然，高不可攀。这里应该就是过去的上海十里洋场吧？繁华与奢靡。时尚与前卫。掠夺与奋斗。冒险与保守。这里充斥着人生的跌宕起伏。江湖商海诡谲，尔虞我诈。世界主宰者们覆手为雨、翻手为云的那种底气十足，气势磅礴的决策地方。一个特别容易让人沉沦的地方。曾经好奇探索地走近那楼内，穿着整洁年轻帅气的先生，彬彬有礼地拒绝，这里只接待外宾。语气谦恭，却透着不屑与轻视。我想，这就是上海，这应该是上海，有太多神秘和诱惑的元素，一个特别让人向往的地方。

　　我去过很多地方，比如北京广州苏杭等，可是我只喜欢上海。我说上海是我的前世，前世我肯定在上海生活过。爱人揶揄我说，你前世是上海的一条狗。狗怎么啦，狗至少对主人忠贞不贰。比一些人还要忠诚。

　　无独有偶。我在乡下的一个侄儿也有浓厚执拗的上海情结。一个十五六岁的少年，从来未曾去过任何一座大都市。有关上海的记忆，他是从电影电视小说中略知一二。单纯得就像我一样，只因为看过电视剧《上海滩》，就喜欢上了上海。他说，等我大学毕业后，一定要到上海去工作。说这话的时候，他坚定的眸子是如此的明亮，简直熠熠生辉。我没暗笑他年少轻狂。有一种震撼在心头。有理想，是一件多么让人振奋的事情。至少他年轻还有梦想，他一直暗暗为他理想而努力学习。我想，总有一天他会实现他的理想。他会和我一样，站在外滩而心情激动，就像赴一个千年的约会。

上海地铁

　　有时，我想我是一个痴狂率性的女人。从外滩搭地铁到淮海路，又从淮海路辗转到外滩，一天里，上上下下坐了五六趟地铁，相同的目的地，一趟又一趟,只是因为痴迷搭乘地铁。喜欢地铁来去呼啸的声音,喜欢地铁风驰电掣的速度,喜欢地铁里明亮舒适的氛围。

从坐地铁的人的着装打扮,可以窥探到这个城市人的整体风貌和综合素质。这是在上海,一座国际化的大都市,时尚的前沿。我喜欢欣赏地铁里的一些年轻靓丽的小姐,她们都有着漂亮的容貌,细腻白皙的皮肤,精致的妆容,个性化的穿着。喜欢看她们化着松绿或者金色的眼影。她们的眼睫毛,通常会涂抹上加长纤密的黑色睫毛膏,扑闪扑闪的,她们的眼睛特别深邃迷人。喜欢看姑娘们裸露的白嫩纤美的双脚上,戴着闪亮的钻石脚链,美丽而性感。地铁里的人上上下下的,每次总会有几个让人惊艳的姑娘。这让人感到新奇和愉悦。

也喜欢欣赏地铁里一些背着公文包的年轻上海男人。喜欢看他们穿着整洁挺括,好像还有淡雅香味的衬衣,质地精致的休闲外套,有木质的纽扣,考究的皮鞋,彬彬有礼的态度,他们整体给人温文尔雅的印象。他们大都受过最好的高等教育,也许还有留洋的经历,他们大都有着良好的家世,有着良好的教养,也有一种高不可攀的气质。上海男人,外表上,通常会给外地女人以致命的诱惑。

安妮宝贝的《告别薇安》,就是发生在上海地铁的爱情悲情剧。上海和上海男人永远是女主角薇安的情结。也许上海男人伤害过她,她喜欢上海,也喜欢在网络上和上海男人调情,可是她又拒绝和上海男人见面。她陷入情感的纠结中。每天来去坐地铁的男主角咖啡男子,网络上邂逅薇安,地铁里邂逅 VIVIAN,他在虚幻和现实中寻找温暖和爱情。可是平淡乏味的生活渐渐让他感到绝望和窒息。这个世界与他格格不入,抛弃了他。我不喜欢这样抑郁沉重的结局。希望人生和爱情都充满温情和美好。如果他在地铁里邂逅慧质兰心的薇安,有情人终成眷属,有个圆满的结局,该有多好!

曾经看过一个《开往春天的地铁》的小说。两个来上海打工的年轻男女,他们平时好几个人寄身在逼仄狭小公司租住的公寓里。每逢寒冷的冬夜,热恋中的年轻男女竟然无处可去。困境中的年轻男女在冰雪中相拥而泣。后来他们发现地铁,在温暖的地铁里谈情说爱,是多么美妙的一件事!他们没有目的地,没有终点站,也没有起始站。他们毫不顾忌地铁里的人来人往,眼中只有彼此,沉沦在彼此含情脉脉的视线里。每次坐地铁,想起地铁里热恋的年轻男女,心里充满柔软的情愫,让我的心也很温暖。

地铁,是一个容易让人沉迷的地方。有时也会有奇遇,炽热的目光,久久地凝视。刹那间的心灵感应,刹那间的浪漫情怀。我不知你是谁,你也不知我是谁,这些都无关紧要。片刻的恍惚和情感的迷失,只能牵强地用前世的缘分,来诠释今天你我的邂逅。然后你走出地铁,消失在滚滚红尘,茫茫人海里。从此我们永远也不会再有可能见面。此事无关风月,也无关爱情,也无关暧昧,好像只是刹那间的一种错觉。平淡的岁月里,偶尔会想起那双温情的双眸。我会想起这样一首歌曲:我在开往春天的地铁上,旅程似乎孤独漫长,请记得我年轻的模样,将所有感动整装,不悲伤……

北纬十八度

北纬十八度

去三亚旅游,来自于偶然。年末,爱人在三亚开年会,清晨,他打电话来,要我听大海的声音。电话里清晰地传来海浪雷鸣般的声音。他说,他穿着衬衣在大海边散步,这里温度是十八摄氏度到二十五摄氏度。穿衬衣散步,对我来说,是莫大的诱惑力,好像看到了春暖花开。我们湖北这时的气温是零摄氏度到五摄氏度。到处是灰蒙蒙萧瑟的底色。每天出门,都要穿着厚重的棉袄出门。在这样凛冽的冬天,我能穿着轻盈的衣裙,在沙滩上散步,倾听大海的声音。这样的想法瞬间就感染了我,我飞速地订了当天下午的飞机票,心情激动地去奔赴春天。

北纬十八度。是地球上最神奇的地理区域之一。三亚是中国唯一处在这一地带的热带海滨城市,也是中国的最南端。在下飞机时,爱人电话中告诉我,要在机场去更换衣服,脱下厚重的棉袄和毛裤。这时我才感受到我真是到了南方。

坐在的士车上,看到沿途的高速公路上,艳阳下,到处盛开着艳丽的三角梅。绿色葱郁的棕榈树,很有热带风情身姿婆娑的椰子树。司机说,你是北方人吧? 每年都有大批大批的北方人拥入我们三亚过冬天,然后在炎热的夏天回到北方避暑。我说,这样生活当然是好,但这需要有很强大的经济实力。他说,那是。随着三亚近年在打造国际化旅游城市,房价也是水涨船高。我看到路边郎朗代言的房地产巨幅广告,房价赫然是一万五千元平方米。司机说,这还不是最贵的地段,还有国际巨星章子怡代言的房地产怕是更高一些。温暖美丽的地方,人们蜂拥而来,房价不涨才怪。

海角天涯

"请到天涯海角来,这里四季春常在。"最早就是从这首歌里,知道海角天涯。后来看到歌星费翔演唱的《海角天涯》的歌曲,他热情似火地载歌载舞。摇曳的椰子树,身穿迷人性感比基尼的年轻漂亮的模特,还有那一望无际的蓝色大海。金色的沙滩,优美的画面,轻松明快的节奏。纵然是海角天涯,我永远等待着她,印象太深刻,让人难忘。

海角天涯处在三亚的亚龙湾。湛蓝浩瀚无垠的海水此时温柔如处子。细碎白色浪花一遍又一遍地亲吻着漫长的海岸线。游人如织,到处是熙熙攘攘、喧嚣吵闹,让人感到压抑。只要是有名的风景区,都是人满为患,难得让人清静地游山玩水。只有无奈地夹杂在众人中间，踩着柔软的细纱，徜徉在海边。面对气度恢宏的大海，方才洗尽了所有的不快，所有的小都消失得无影无踪。这也是大海的魅力所在。不然，海子怎么会说：面朝大海，春暖花开。

一个大大的爱情同心结的石头下，有年轻的女孩在默默祈求爱情，看她虔诚的模样，不由让我怜惜。在这个充满物欲诱惑的世界，想找到属于自己的真爱，真的很难。易求无价宝，难觅有情郎。爱情都成了快餐，相爱又如何，能够永远同心同德，没有背叛和伤害，能够永远忠诚相守吗？结了婚有了法律的保障又如何，能够牵手到白头吗？想找到追随你到天涯海角的人，恐怕很难很难吧？这世界变化太快，爱情来得容易，去得更快。网上小三逼死原配，原配又复活的爱情闹剧；结婚五个月就闪离，原来彻头彻尾都是爱情的伤害和报复。爱有多深，恨就有多深。报复了，伤害了，当事人都成了受爱伤害的人。我们不是不爱，只是这爱太轻率。让我又想起这首《海角天涯》的歌曲：爱要珍惜，爱更要执着，才知道是真是假……

曾经参加过很多次婚宴。也是大大的爱情同心结下，一对新人请婚宴公司主持的婚庆仪式，满座喜气洋洋的宾客，代表花好月圆的百合花，纷纷扬扬落在地上的彩纸，美丽梦幻般的七彩肥皂泡，新人互相交换的结婚钻戒。婚礼都是庄严而神圣的，让人感动和充满期待。可是这个世界上，又有几个人会遵守爱情的誓言。感情太脆弱，随时随地都会遭遇背叛，花好月圆的婚姻转眼之间就会分崩离析。生活一向都是如此残酷。我们到海角天涯来祈求爱情，因为我们心灵都很孤独，都盼望美好的姻缘，渴望遇到真正爱自己的人。原来海角天涯只是我们渴望美好爱情的象征。我们到这里海誓山盟，可它真能见证坚贞不渝的爱情，能够让相爱的人白头偕老？

海角天涯林立着大大小小，规则不一的礁石。红色的棣书——天涯——醒目地镌刻在巨石上。我真的到了海角天涯？我站在礁石上，极目远眺，远处水天一色茫茫的大海。这里就是古人要历经多少次艰辛和万难，不知要经过多少日子才能抵达的地方。茫茫苍苍的大海，看不到尽头，就以为是天之涯,海之角? 这里曾经是古代落魄失意遭受罢贬官员断肠的地方。这里与内陆远隔千水万山,这里离政治枢纽最远。官员来到这里,很可能就是永远。几度夕阳红,望断天涯路。离别愁绪,忧思满怀。这里充满绝望,连丛生的礁石都是如此的苍凉,历经沧桑岁月的痕迹。

一个享乐主义的上午

我居住的酒店坐落在海棠湾。海棠湾,我非常喜欢这个名字。顾名思义,海棠湾,海棠花开,一个多么美丽富有诗意的地方。这里椰林婆娑,到处盛开着艳丽的三角梅。中间分布着很多人工浴场,灿烂的艳阳下,蓝色的水泛起清浅的柔波,和淡蓝色天宇互相映衬,风景旖旎,像童话世界。

海棠湾,有阳光、沙滩、一望无际的大海、美丽的椰子树、鲜花。这里简直就是南国风情的浓缩版。在看过海角天涯,热带天堂森林公园——那里曾经是非诚勿扰的主景拍摄地,也看了港星舒淇走过的过龙江索桥。都是走马观花,就想远离那里喧嚣的人群,独自享受海棠湾这里的清静。

我住的房间观景阳台上,有二人坐的布艺沙发。每晚,我都躺在这里欣赏海棠湾的南国风情,看那大海中影影绰绰的岛屿。还有沙滩上呈一字形排开的观景躺椅。观景躺椅上是一把巨大的蘑菇形的木伞。躺在那里,可以舒适地面对面地去亲近大海。我便想第二天上午去那里消磨时间。

一个人选了有椰树摇曳的餐桌,享受自助早餐。我信步走到沙滩上,找服务生要了三床白色浴巾。一床垫在木躺椅上,另外两条当被子用。我想睡在这里,倾听大海的声音,枕着涛声入眠。这里是五星级酒店,所以游人比较稀少,偌大的沙滩上只有历历可数的几个人,并且外国人居多。沙滩上的人互相不打搅,说话也是轻言细语。我非常喜欢这样岑静的氛围。

如果说亚龙湾的大海温柔如处子,海棠湾就如同一个性格桀骜暴烈的男子。阵阵波涛如雷鸣般地汹涌咆哮。一阵雷声响起,海岸边的白色巨浪,瞬间从远处逶迤雷霆万钧地席卷而来,汹涌澎湃,翻涌起几米高的巨浪。转瞬间,就又飞快地随着潮水回落。又一阵雷鸣般的声音从远处传来,又是一阵白色巨浪涌来。周而复始,潮起潮落。

一对外国父子试图下海,服务生上前阻止。他指了指立在沙滩上的一个木牌,上面写着:此地严禁下海游泳。这样恶劣的天气确实是不适合下海。望着几米高的巨浪,就让人生了几分怯意。先前一对身穿泳衣的年轻男女,也是跃跃欲试,后来还是悻悻然放弃了,只在岸边踏浪嬉戏。外国父子并不理会服务生的劝解,还是下海了。看见他们双双潜入海水中,瞬间被海水吞没,让人惊心动魄。为他们而担忧。正在忐忑中,看见两父子从巨浪中冒出头来。又是一阵浪潮汹涌蔓延而来,他们又潜进波浪中,如此的反反复复。我才明白了,他们原来是在与海浪搏击。那外国小孩大概只有六七岁的样子,丝毫不惧怕汹涌狂飙的海浪,从浪潮中钻进钻出,像大海中一尾矫健的鱼。他机敏淡定从容,让人感叹,他才是大海真正的弄潮儿啊!

我在雷鸣般的涛声中,闭目养神,心情平和宁静,什么都不去想,什么也不愿去想,忧伤落寞也罢,紧张疲惫也好,七情六欲统统抛开,好像此时我与俗世红尘隔绝,天地万物,只有单纯的大海和我。人生简单,就是这样好,让人心坦然自若,淡泊宁静。渐渐地,我在涛声中入睡。

青春笔记

题记:踏过荆棘,在苦中找到安静,踏过荒郊我双脚是泥泞。
寻梦而去,哪怕走崎岖险径,过黑暗是黎明,啊! 星光灿烂!

一

十六岁那年,我面临人生的重要转折点。

在这年,我父母在亲戚的帮助下,做了一个重要的决定,要永远地离开我们家祖祖辈辈生活过的小山村,迁移到城市生活。

父母用最快的速度卖了老屋。父亲在村委会盖完最后一个印章,从此,我家与这个小山村没有任何瓜葛。别了,屋后偌大一片竹林、果树林;别了,那林中的小鸟与秋蝉;别了,田中的稻禾与油菜花……这些就永远不属于我们家了。虽然还有一些记忆片段会永远地铭刻在我的脑海中。

当我和同学们挥手作别,同时也永远地告别了我的学生时代。我背着厚重的行囊,走向无比陌生的城市。

走下公交车的一刹那,我最先感觉到的是陌生的气息,陌生的街道,陌生的行人。

这里是炼厂路,一条路横贯南北,两旁的商铺林立,无数四通八达的小巷延伸着,通向无数幢炼厂家属楼。这些红砖砌成的楼房,影影绰绰掩映在高大茂盛的香樟树丛中。这里是这个城市最恢宏的工业区,全省最大的炼油厂坐落在这儿。得天独厚的条件,利润丰厚的经济背景,这里俨然就是一个炼厂王国,一个相对独立的城市。

传入我耳畔的,都是字正腔圆标准的普通话。琳琅满目的商品,宽阔干净的街道,被城市熏染出来的时尚洋气的姑娘。这些于我,都是新奇的元素,对于一个刚刚从乡下来的少女,都市充斥着繁华奢靡诱惑的气息。想起将要生活在这里,我真是满心的欢喜。

沿着模糊的记忆,我走进一条幽静的小巷深处,小巷两边都是整齐有序带院子的楼房,近看墙面颓败黯旧,可晒台上却开着鲜艳美丽的花朵。

我一条小巷一条小巷地走,始终没有找到回家的路。

关于新家的记忆,我很生疏。在毕业前夕,一个星期六的夜晚,我和父母坐在拖拉机上,于夜晚十点到达正在建设中的新家。新家房屋还没盖上屋顶,完全裸露在淡淡的星辰下。第二天清早,父亲把我送上去学校的车。

夜色渐渐暗淡凄迷。吃完晚饭的工人们,三三两两悠闲自在地在小巷深处散步。我开始不停地向行人打听,他们都露出茫然的神情,然后摇头。没有电话,没有任何联络方式。我只有从小巷的尽头折回到起点,然后再选择另一条小巷,一次次地出发,一次次地回头。黑漆漆的天宇,晕黄的灯光,逼仄的小巷,渐渐稀少的行人,他们都不知道我的家在哪里?

那晚,我走了很长很长的路,仿佛走尽了我一生的路。在我的心中留下了深深的烙印。虽然疲劳不堪,又累又饿,到了后来,每走一步,双脚几乎都很沉重,伴着强烈的疼痛感。可是我的心情却始终没有沮丧恓惶,也没有一丝儿的恐惧。我坚信自己一定会找到回家的那一条路。

回到家是午夜十二点半。父亲打开门,睁着惺忪的睡眼诧异地问我,怎么这么晚才回家。我轻飘飘地说了句,迷路了。

二

十六岁的秋天,我伴着黑和灰而生活,天空没有任何明媚艳丽的色彩。

初到城市的喜悦之情,很快在现实中消失殆尽。每每听到某某同学已招工到银行去上班,或者某某去学校当代课老师之类的信息,我都会黯然神伤。从学校回来,我一直被困在家里。那时有待业青年之说,可我属于无业可待的人。我家虽然住在城市,处在大工厂的中心地段。可是我不是商品粮户口,几乎没有被招工的机会。我家人都是菜农户口,可是没有一亩菜地可种。

两个妹妹转到城里中学上学,学费一分也不会少,父母也没有工作,家里所有的积蓄都花在建房上了,家徒四壁,最后,也没钱买窗玻璃,为了防风遮羞,父亲用硬硬的黄纸板把家里所有的窗户都钉得严严实实。白天,房间里很幽暗。

贫贱夫妻百事哀。窘迫无助的生活,对前景的茫然不知所措。让一向相敬如宾的父母,常常为生活琐事争吵、打架。刚开始,我会竭力地去劝架。可是后来,生活就像一潭深水,稍稍有风,就会起波澜。吵架成了他们的家常便饭,生活的主题。他们互相宣泄心中的忧愤和失望,用吵架来麻醉自己对生活的无能为力。后来,他们吵他们的,我索性不管。我将自己囚在黑暗的房间里,用被子捂着身体,竭力不去听。那时的我,真的真的不愿意再听到他们吵架的声音。

我没有一个可以倾诉的朋友,我的自尊心非常脆弱,也不愿意见任何一个同学。十六岁的我像感染风寒的花,只有在黑暗封闭的房间,才感觉到安全。

躺在黑暗中,我的思维一刻也没停止过。附近火车的汽笛声总是每天按时响起。我知道,一列货车开来了,不久它又开走,我不知道它的终点站在哪里,可是我知道,一定是很远的地方。它能载我离开这里吗?去天涯海角?在远方,我有什么能力生存下去?每每想到这些,我就潜然泪下。

偶尔夜色苍茫,细雨霏霏,人迹比较稀少的时候,我会沿着家附近的铁轨走得很远。这里是火车东站,有很多运输煤炭的火车。沿着铁轨一直走、一直走,我的思绪很茫然零碎。一直会走到一座高高悬空的拱形桥。桥上的公路,汽车来来往往,桥下火车飞驰。一天傍晚,我亲眼看见一个男人从高高的桥上跳下来,沉重地坠在火车轨道上,恰逢一列火车飞奔而至,一个生命就没有了,只有血肉模糊的一团,他再也不能欢笑和哭泣,也没有了人世间的烦恼。只是这种方式太惨烈,如此决绝的行为,他一定是对人生彻底地绝望,抑或只是一刹那,他想不开。

在雨中,我仰望着高高悬空的拱形桥。我想,有一天,我会不会从这座桥上跳下去。有这个想法后,我不寒而栗,浑身直哆嗦。以后,我离火车轨道远远的,我不会再去铁轨旁散心。以后的人生,当我经过任何一座桥,我都会莫名地恐惧。

有一段时间,我在房间里胡思乱想。对面楼房,也不知是哪一家,哪一

PART 1

青葱岁月

个人,经常在黄昏的时候放收录机。是邓丽君甜美绵软的歌曲,一遍又一遍地放着:踏过荆棘,在苦中找到安静,踏过荒郊我双脚是泥泞。寻梦而去,哪怕走崎岖险径,过黑暗是黎明,啊!星光灿烂……当时我并不知道它的歌名,后来才知是《星》。其实歌名,在那段时间,对我并不重要。重要的是我每每听到这首歌曲,想起自己幽暗苦闷的青春,触景生情,常常会令我泪流满面,它能触动我脆弱的心灵,柔软我苦涩悲怆的心,像和煦的春风,慰藉和吹散我内心深处的伤痛,让我暂时遗忘忧愁和烦恼,获得人生的力量。

现在回溯往事,在十六岁的那一年,多愁善感的我几乎流尽了我一生的泪水,以至于后来我的泪腺好像真的萎缩了。偶尔的悲伤和委屈,我的泪腺像一块坚韧的铁,几乎再也渗透不出那温热晶莹的泪滴。

三

生活总是在最黑暗的时候,出现一丝曙光。就像黑夜的尽头,一缕晨曦缓缓地从黑沉沉的天宇某个角落显现,然后扩散、扩散,天空渐渐明亮。不久后,灿烂的阳光从东方升起,大地万物,包括弱不禁风的我,都沐浴在它温暖的怀抱中。

在亲戚的帮助下,父亲在一家装卸公司找到工作。虽然低微,但是能够勉强维持一家人的生计。

冬天到来的时候,我常常独自骑着父亲的单车,沿着公路,去我不知道的地方,没有任何束缚,没有目的地。挟裹着呼啸的北风,我用加速度向陡峭的山坡冲下去,感觉自己像小鸟一样,在空中轻盈地飞翔。大部分时间,我会一个人静静地坐在公路旁,凝望着苍茫空旷的原野。看一群麻雀,在低空中,在凛冽的寒风中盘旋,然后呼啦一声飞走,天空没有留下它们任何的痕迹。

那段时间,我格外想念老家,我生活了十六年的小乡村呀,我的心就会莫名地痛。做梦都是关于老家的一些旧物和片段。思恋如同春天的野草一样，蔓延疯长，不可遏制。假如我人生能够选择，只是我一个人，我会坚定选择回老家生活，过一种恬静简单朴素平和的生活。不需要太多的物质，我只要求我的人生宁静而祥和。可是回不去了。即使是现在，我也回不去了，我的心不再单纯清澈，有了太多太多的物资欲望。这是寄居在城市生活的人的一种病毒。

初到城市的第一个春节很快来临了。春节，是我最期待的节日，里面承载着我太多温暖和欢笑的记忆。在乡下过春节，妈妈会从清晨开始准备，做上一桌子丰盛美味的菜。中午吃完团年饭后，父亲会笑眯眯地给我们压岁钱，并且会说祝福我们学习进步之类的话语。妈妈从一个樟木箱子里，拿出充满阳光气息的新衣服让我们换上。然后我们约上小伙伴们，跟在踩莲花船或者是踩高跷的乡下艺人后面，一家一家地串门。加入的人群会越来越多。鞭炮声，锣鼓声，欢笑声，村里村外到处洋溢着欢乐的气氛，那晚，连做梦都有香甜的味道。

中午，外面的鞭炮声此起彼伏，还伴有大人小孩的欢笑声。吃团年饭的时候，父亲竟然意外地没有喝酒，脸色阴郁，一言不发。一家人沉闷地吃完团年饭。

父亲将自己关在房间里。我们姐妹三个和母亲，隐隐约约听到父亲哭泣的声音。我们茫然无措地坐在饭桌旁，苦着脸，互相张望着，心里惶惶不安。家里弥漫着悲伤的气氛。

母亲开门进去，低声细语劝慰着父亲。后来，母亲和父亲出门了。我们姐妹三个情绪低落地坐在那儿看书。我精神恍惚，什么也看不进去。

天色渐渐阴暗，外面接连不断的鞭炮声，充斥着节日的喜庆气氛。母亲和父亲这时候回家了。父亲的脸色已经明朗。母亲说，孩子们，今天晚上炼油厂放烟花，我们一起去看。妹妹们忘记了刚才的悲伤，兴奋不已。因为我们从来没有看过烟花。

妈妈偷偷告诉我，父亲哭泣，是因为觉得愧疚，因为自己没有能力，让全家过了一个寒酸的年。从我记事起，这是第一年没有压岁钱，也没有新衣服。

这是一个地势平坦宽阔的体育场。随着夜幕降临，人们从四面八方赶来，汇聚在一起，到处是黑压压的人群。炼油厂宾馆的灯光，今夜格外璀璨夺目。随着"噗"的一声，一颗烟花急速地蹿上深蓝色的天宇，一大朵金色的蒲公英花，在天空中盛开了。然后，三四朵金色的满天星，同时也在天空中盛开了。真美啊！真壮观啊！人们的惊叹声、欢呼声，一浪高过一浪。在这大背景下，人个体的欢乐和悲伤，还有眼泪显得多么的微不足道，个人是多么的卑微弱小。

　　烟花燃放，瞬间即逝。好花不常在，好景不常有。可是那场烟花夜，恢宏壮观的场面深深地烙印在我的心中。从此以后，我再也没看到如此盛大，场面气势磅礴的烟花夜了。现在，春节也会放烟花，看着美丽的烟花映在晶莹剔透的玻璃窗上。哦，又放烟花了。我却再也没有去现场看烟花的兴致了。

　　那晚，烟花放完了，人们也散去了。我们一家五个人，手挽着手，亲热地、有说有笑地并排走在回家的路上。我们此时心灵相通，全家人空前的团结。我的眼泪不由自主地流下来。这是一个我永远无法忘怀的烟花夜。

　　感谢那个烟花夜！

青葱岁月

　　白驹过隙，时光微凉。自一九八六年一别，红尘漫漫岁月悠长，已是经年。弹指之间，二十三年光阴倏忽如风逝去，如映山红花般零落在尘烟里。你已不是当年那个雄姿英发笑容灿烂的少年，我亦不是当初那个面如芙蓉的少女。也许在梦中,不经意时,偶尔想起少年时纯真的过往,流光溢彩懵懂的情愫,心里期盼着今日的重逢。

我们皆是平凡的人,二十三年中,各自为生活奔波劳碌,鲜有见面。有的同学自分别后甚至从未相见。今日重逢,感激一位女同学的热心肠,和几位男同学的鼎力相助。本来联系到了十七八位同学,相约去看漳河满山遍野的映山红,没想到陆陆续续到了三十位。全班六十几位同学,到了半数。初次相聚,这也够激动人心。

一切恍如隔世。虽然你我能彼此之间清晰叫出名字。铭心刻骨的面容,难掩岁月的刻痕沧桑。不知你心上,是否有丝丝缕缕的感伤与怜惜?因为懂得,所以慈悲。我们一起曾经走过旖旎的青葱岁月。我们纵情欢笑,不会因彼此改变而生疏。双手相握,温情拥抱。过去的岁月似清越悠扬的笛声,像清凉的水滴,温柔抚过心田。点点滴滴的往事如同一朵盛开的白莲花,恣意绽放,馨香脉脉。

校园旁的木槿花又快开了吧,那紫色味道特别浓郁的花朵,在微雨中的风致是否依然?那一片葱郁的竹林是否青翠?夏天有玫红色荷花盛开的水塘,没有干涸吧,水是否依然清澈?与校园比邻的那一片错落有致的田地,紫红色的紫云英花是否正如火如荼地盛开?在夕阳的余晖中,我们几位女同学相约漫步,嬉戏追闹,风里飘荡着我们爽朗的欢笑声。偶尔在路上邂逅几位男生,里面有你暗恋的那位,你的脸瞬间滚烫,像绯红的苹果,呼吸急促慌乱。原本说笑的你顿时变得宁静温婉,不敢去看他的脸,微微低着头,擦肩而过,竭力掩饰自己的心思。

那时校园里已经谣传几对恋人风花雪月的事。什么竹林相会,什么花坛旁诉情意,什么写在纸条上面的端正的楷书我喜欢你之类。真真假假,扑朔迷离,流言者津津乐道,谣言满天飞。其实你不在乎,还有几分暗喜。有人喜欢,有人注目,是多么令人兴奋的事情啊!青春原本就应该光彩夺目,丰富多彩,神采飞扬。可是你又烦恼,谣传和你相会的男生,可不是你暗恋的那位男生。你心里责怪那些无中生有、乱点鸳鸯谱的人。你对那些八卦绯闻沉默不语,也不会因此而沉沦,也不会黯然神伤。因为,你很矜持内敛理性,是个羞涩的人,不会去表达,原本也不想去表达,也不会泄露一丝一毫。永远藏在自己的心底。就像山涧幽兰,永远也不为人知。每个人心中都有这样幸福隐秘的花朵吧。后来,你渐渐成熟,才知喜欢一个人与爱情无关,那只是青春的特征。偶尔想起,会甜蜜地微笑,心情好像花儿开放,哦,我原来喜欢他,他还不知道呢。

　　每个人都有一段青涩懵懂的岁月。爱情对于锦瑟年华的人,是一件多么敏感的事情,惶惑紧张徘徊,不愿意触及,可又无法拒绝。两个字简直难以启齿。一个人在心底演绎得狼烟四起,烽火连天,唱着自己的独角戏。温柔婉转,柔肠千转百回,又竭力掩饰。像隔了一层轻薄的绢纱帘,看月下的花朵,月朦胧,花朦胧,周围一切皆是朦胧的。可又欲语还休,欲盖弥彰。对于缠绵悱恻的爱情故事,总是无限向往。那时,正刚刚流行琼瑶的言情小说,第一次看琼瑶的小说,是《五朵玫瑰》,这么多年过去,从来不曾忘记。全班传阅,别的同学看时,简直迫不及待,可以说是废寝忘食。为书中的主人公百折不挠、惊天动地的爱情,而感动泪流。

　　一九八六年,电视正热播港台电视剧翁美玲、黄日华版的《射雕英雄传》,其风靡程度不亚于现在的超女快男。靖哥哥的宅心仁厚,淳朴痴情,一句蓉儿,柔化了多少少女情怀。蓉儿的娇俏明媚、活泼机敏,俘获了无数少男的心。一集集的电视连续剧情节简直勾魂摄魄,让人寝食不安。每天下课,上晚自习,偷跑逃学出去看《射雕英雄传》的调皮男生,讲得眉飞色舞,回味无穷。最后大家心神恍惚,无心学习,心猿意马。上晚自习的时候,都想去看《射雕英雄传》。那时小镇上电视还没有普及。我们班有着得天独厚的条件,有位女生的家住在校园旁,待到华山论剑最为精彩的一集,都跑到她家去看电视,人太多了,她的父亲索性把电视搬到更加开阔的稻场上。那天晚上,不巧,校长因事经过我们班,发现应该晚自习时,班上竟然没有一个学生在上课。他大发雷霆,和班主任俩将我们找回教室,足足训了我们两个多小时。

　　那是一段让人眷恋充满活力荒唐的青春,在绵长的记忆中,每个人都是如此可爱。记得刚从师范大学毕业，初次执教我们班的班主任，也是锋芒毕露，意气风发。他潇洒俊朗的外表，特行独立卓尔不群的个性，是我们班众多女生仰慕的对象。他在学生期末成绩单上的评语，就与众不同。他针对每个学生的个性写的评语，譬如我们班的班花，他写道，你端庄大方、娴雅迷人，颇具大家闺秀风范……如此另类热辣的评语让我们大为惊奇，当他念到大家的评语时，整个教室静默无声，他对欣赏的学生毫不吝啬自己的溢美之词，诸如小家碧玉、娇小玲珑、桀骜深邃、必将大有作为。评语如此深刻另类，让人无法遗忘。当然他如此与传统教学格格不入的方式，注定无法实施。听说他得到校长声色俱厉的批评。结局是我们的评语最终还是空洞泛泛而谈。其实我们都不以为然，认为校长陈腐墨守成规，为班主任鸣不平。

这次相聚，有些同学之前曾经见过班主任，说他改变很多，成熟稳健，大概再也不是那个锋芒毕露个性独特的老师了。时间的沙漏，琐碎生活的磨砺，可以将人不知不觉间变得面目全非，锋芒也磨得消失殆尽。这是谁的过错？对于时间永不停止的脚步，我们真的无能为力，无所适从吗？

其实同学聚会，让我莫名想起同学T。有时看到花儿颓败零落的花瓣雨，我总是潜意识地缅怀她——我们班一朵过早凋零的玫瑰花。她有着一双睫毛特别浓密纤长的大眼睛，是那样深邃迷人。她喜欢用纤长细润的手指，翘起兰花指拂拭额前的发梢，眼底眉梢是无尽的风情。她还喜欢偷偷描眉涂唇。她常常和年轻的弹花匠幽会到半夜三更，然后才回寝室。

那时爱情对于一大帮女生而言，还停留在意想之中。她前卫惊世骇俗不计后果去恋爱，还有她半夜三更回寝室，闹得一大帮女生失眠，引起女生的敌意和群起而攻之。她们孤立和漠视她。据她同村的同学说，她在单亲家庭中长大，她母亲独自一人将她和她哥哥抚养成人，谣传她家每天有不同的男人出入，她母亲在村里声名狼藉。同学说她是上梁不正下梁歪。说她在读初三时，就和年轻的弹花匠有往来。年轻的弹花匠不是本地人，说是浙江人。那时浙江在我们心中，简直就是天涯海角遥不可及。心里隐约觉得她的爱情很荒唐，她年轻单纯，涉世未深，以及她对年轻弹花匠的不明底细，觉得她对这段爱情无法掌控,前途茫茫。后来高一下学期,她辍学了。就有消息说她和弹花匠私奔。没多久,就有警员到学校调查,说她不幸在大海边遇难。她后来经历了些什么? 不得而知。

她毕竟是我们的同学,有时想起她,想起她像烟花一样短暂的青春和生命,情绪低沉失落。不合适宜的爱情,不合时的时间又遇上不对的人,这也许是悲剧的起源。本应含苞待放的年龄,她选择了最先开放孤零零的那朵花,却因早春的伤寒,凋落在尘埃中。

开什么花就会结什么果,人生没有重来,没有第二次可以选择。青春可以荒唐、可以执拗、可以迷茫,但绝对需要理性和智慧。

荷花

我生在鱼米之乡。夏秋交替时,故乡的堰塘里随处可见盛开的荷花。不过总是零零星星的几朵,也不觉得特别美好。

好友玫喜欢张婶家堰塘里的白荷花,她有时莫明其妙面对白荷花静默半天。一直以来,我不喜欢素雅苍白的白荷,虽然它清新,可我觉得那苍白与冷清寂寥有关,不可捉摸。我害怕寂寞,寂寞总是如影随形,像一阵秋风,随时随意地萦绕着我。

那日,一家人和朋友去洪湖蓝田看荷,洪湖是我少时就向往的地方。少时我最喜欢看小人书,《洪湖赤卫队》不知翻阅了多少次,韩英的形象早已铭记于心。也许洪湖的荷花别样红吧。

前几日刚下过一场雨，空气清醒得透明，阳光温暖而淡薄。到达蓝田，眼前蓦然一亮，青翠的绿叶间，簇拥着数以千万计的花朵，密密地，不甘寂寞地连成一片，方圆几十里，气派壮观，轰轰烈烈。感觉在画中，又像在仙境。

洪湖的荷，细长的梗上，开出硕大而清香的花朵，颜色是玫瑰红，玫瑰红是我最欣赏的颜色，明媚俏丽，它有微微的暖，适度的闹，美丽而不妖艳，是让人心境立刻开朗的颜色。采一朵荷花，芬芳盈袖，忍不住，摘下一小片花瓣，轻轻地咀嚼着，淡然清香的味。

默默走在木排铺成的观花小道上。走累的时候，脱下鞋子，赤足随意坐在木排上，亭亭的荷花环绕着我，绿的叶，红的花，还有巴掌大那么一小块干净澄澈的天空。摘一朵秀逸的荷叶盖在头上。荷花的清香阵阵向我袭来。微醺。我仿佛看到荷叶在舒展，似乎听到花儿在私语。我很喜欢这样恬淡的意境，虽然静谧，却不孤单。

迎面走来几位捧着一大篷荷花的女人，人面荷花相映红，听她们说要将荷花带回家，用清水供养，让满室生辉。略一思忖，我也打算带几枝回去，也算观赏洪湖荷花，留作纪念。想采摘欲开未开的荷花，无奈周边都被人采过，我总是够不着，很遗憾。爱人看我懊恼失落的样子，问我："喜欢吗？我给你摘几朵。"爱人和我相伴行走，时时去给我采摘花朵。望着温情脉脉的爱人，久违的，被他呵护的甜蜜感觉，时光好像回到初恋。

我走到木排尽头，忍不住回首，竟十分留恋眼前的那一湖荷花。导游走过来告诉我，其实此时洪湖的荷花不是最美丽的，洪湖荷花开得最盛的时候是在七月中。现在是八月中旬，不过我觉得此时的荷花正开得如火如荼，已经美得势不可当。如果在七月，那眼前的景色又是一番什么样子的呢？导游还告诉我，荷花花期很长，此起彼伏地开，历时三四个月，一朵花萎谢了，还有更多的花来开。

我突然想到爱情的问题，那是关于玫的爱情，玫曾经告诉我，她年轻时，曾和同村的男人相爱，他们初吻的地点就在荷塘边，那天男人献给她一朵白色的荷花，娇羞中，她给了他初夜。男人激动地拥着她说："玫，我会永远爱你。"后来男人考上大学,玫一直给他寄学费。玫等了他七年,得知男人在省城已婚的消息,玫那段时间痛不欲生。她告诉我:"你知道永远有多远吗,永远只是短暂的几年。"后来玫又找到爱她的人,两人结婚后,一直很幸福。她后来原谅了那男人,也许初恋情人最难忘,也许她看到白色的荷花有别样的情怀吧。一场美丽的爱情逝去了、枯萎了,就有一场新的爱情即将来临。就像荷花一样,一朵谢了,一朵正在开。

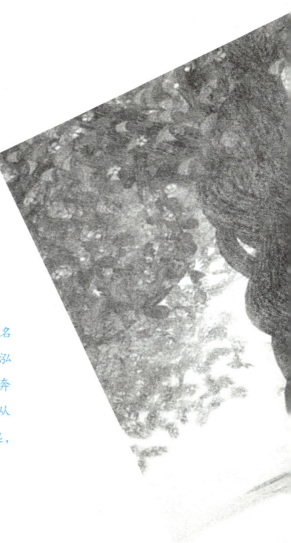

>>>>> PART 2

行走在水边

　　每每走到盈盈的水边，我都有一种莫名的感动和眷恋。无论是对着看似静止的一泓秋水，还是在乡村星罗棋布的堰塘，或者奔流不息、浪涛汹涌的大海。我已记不清是从什么时候开始有这个情结，好像打记事起，就有这种癖好。

奔跑的信念

　　他的智商只有七十,在正常人眼中,他应该算是智力低下,去上小学的时候,小学校长不肯收他,怕他影响学校的教育成绩。他母亲始终认为他是一个正常的孩子,在他母亲的强烈抗议下,小学校长才破例收了他做学生,和正常学生享受同等待遇。

　　上学的时候,他去搭校车,没有一个同学愿意和他坐在一起,他们都说他是傻瓜。只有一个叫珍妮的女学生,愿意搭理他,和他交谈,和他做朋友,做他一生的朋友。

　　他和珍妮走在放学的路上,几个坏小子骑着单车追他,要打他。珍妮喊他,阿甘,你快跑,他们追来了。阿甘奔跑起来,用电般的速度,他快速地穿过茵茵绿草地,穿过农场,小桥,在奔跑中,阿甘像长了翅膀一样,好像在飞翔。几个坏小子骑着单车都没追上他,悻悻地说,这个傻瓜太能跑了。

　　阿甘的母亲是一个睿智的女人,她总是鼓励阿甘,人生就像各种各样的巧克力,你永远不知下一块是哪一种,你要做到最好。

　　上高中的时候,阿甘和珍妮走在郊外的榕树下,几个坏小子开着一辆破旧的汽车,来欺侮阿甘。珍妮发现了,她喊,阿甘,你快跑,他们追来了。阿甘奔跑起来,像风一样穿过草坪,穿过橄榄球比赛场。他奔跑的速度引起了橄榄球教练的注意力。在教练的推荐下,阿甘上了大学,成为一名出色的橄榄球球员,他还收到白宫的邀请,受到总统的接见和褒奖。

　　后来他上了战场,成为一名士兵,在战争中,他和布巴甘成为好友,布巴甘的理想就是当一名捕虾船的船长。后来,布巴甘在一次战斗中牺牲了,在枪林弹雨中,阿甘在奔跑中抢救战友,他救出了受了重伤的丹中尉,但是他没能救下布巴甘。

阿甘回到祖国,他到了布巴甘的老家,他买了一条捕虾船,和双腿已被截肢的丹中尉在暴风雨中捕虾。后来他们成功了,成立了布巴甘捕虾公司。后来丹中尉用布巴甘捕虾公司的钱购买股票,他们成了亿万富翁。阿甘赢回了珍妮的爱情。后来珍妮离家出走,情绪低落的阿甘又开始了奔跑。奔跑中,他看到了绿色的麦浪翻滚,他看到一望无际湛蓝的天空,他还看到了广袤美丽的原野。他在不停地奔跑,在奔跑中,他看到了希望。在奔跑中,他忘记了不开心的往事。在奔跑中,他又有了生活下去继续努力的信心。他就是电影《阿甘正传》里的阿甘。

只有奔跑不放弃,才能不断地继续前进,赢回美丽的人生。

感动

也许是年龄渐长,看透了人间冷暖,世事沧桑,曾经温柔敦厚的心渐渐变得坚硬、变得麻木。其实这是我最害怕的事情,心田的干涸,预示着人在苍老。感动、激情澎湃、梦想,这都是青春的特征。如果你还有一颗对生活充满热情似火的心,证明你还年轻,至少有一颗年轻的心。

曾经年少时,看见一本书,或者一场电影,看到让人感动的地方,我都会激动得热泪盈眶。记得看过作家陈应松写的中篇小说《太平狗》,小说是写程大种带着太平狗到城里打工所经受的悲惨遭遇,最后太平狗九死一生,

PART 2
行走在水边

经受各种劫难,回到故乡,它的主人程大种却永远也回不到安谧祥和的丫鹊坳,他的老家,而他的老婆孩子还在等待着他回去过年。合上书本,我久久沉浸在悲伤中,不能自拔,涕泪长流。

曾经有网民在网上争执。你看见一个年老蹒跚的老人倒在你面前,你是否会上前扶起他,送他到医院?还是无动于衷,害怕被人讹上,麻木不仁?生活中确实有做好事被人讹上的麻烦事,只能说这个世界上的人性在悄悄发生改变。利益的驱使,向善,向恶,有时只是一念之差。善良的举动,不一定会得到感恩,也许结果是面目全非,匪夷所思。世态炎凉教会了我们如何生活,恩将仇报,农夫和蛇,往往会扼杀了我们人性中的善良。

如果你看见三四个花朵般的少年,毫无知觉地快要处在大货车的滚滚车轮之下,你会毫不犹豫地冲上前去推开他们,把生的希望留给他们,把危险留给自己吗?在危险灾难面前,我相信这个世界上有很多人,包括我自己在内都会胆怯,毕竟我们是血肉之躯。然而张丽莉——一位最美的女教师,在千钧一发之际,在危急时刻,用她柔弱的身躯,用充满爱的勇气,向前一扑,将车前的学生用力推到一边,自己却被碾到了车下。正是她的壮举,感动和震撼了全中国人。感动中国赋予她冰雪为容玉作胎。她让我们看到这不是一个冷漠的社会,不是一个计较个人得失的小世界,这是一个大爱的世界。她给我们上了最宝贵的一课,这是爱的种子,这是爱的花朵,其实只要每个人心中都有爱,这个世界,任何时候都是温暖和煦的春天。

年少时,记得写作文,写我们要当科学家报效祖国之类的话语。成年后有很多人都在为各自的生活而奔波。但是也有很多人在为曾经的理想,国家的国防科技建设,贡献着自己的青春年华及生命。正是他们默默无闻呕心沥血地努力工作,国家才会进步,国家才会繁荣富强。

罗阳——歼15总负责人,在电视中,我们看到歼15,在航母"辽宁号"成功试飞降落时,几天几夜战斗在前线指挥的罗阳,因疲惫,因工作的紧张,突发急性心肌梗死,不幸殉职。他用生命的赞歌,谱写了一个国防科技工作者的报国情怀,也感动了无数的中国人。

记忆中的陌生人

蒹葭苍苍,白露为霜,城市的秋天总是来得缓慢。一阵轻寒的北风,几场缠绵的秋雨,也没有带去夏日的燥热。日日走过的那排香樟树依然青枝绿叶,几株不知名的花儿依旧没心没肺地开,仿佛不知季节已变换。一年又一年,一天又一天,时间总是溜得飞快,并且悄无声息。孩子在长大成熟。自己在渐渐老去。有朋友猝不及防地永远离我们而去,记忆中总是闪现的是他灿烂的笑脸。

日日表情疏离地穿过街道,无聊地去踩碾路边从树上跌落下来的黑色种子,听它被无情碾压的呻吟声,看它在脚下面目全非,那快意真是无与伦比。搭乘二号或九号公交车,到装潢华美的楼房办事,然后辗转到菜场、到厨房忙碌一日三餐。更多的时间则沉溺消耗在互联网上,淘宝网里淘时装,新浪网里看新闻,看股市股指上下浮动,看政策风向,或赚或赔,淡然处之。PPS里看最新的港台剧和韩剧,QQ农场里收菜或偷菜,网络游戏里杀得天昏地暗,不知今夕是何年,直到倦意沉沉,黎明初晓。恍惚中,这是我吗? 这就是我世俗颓废的生活,没有理想,没有追求,平淡、琐碎、庸碌、苍白,难道就这样无所事事直到终老?

发现她很有些时日,只是每次漠然地从她身边走过。她将自己放逐在一排高大的香樟树下,那排香樟树枝叶葱郁,浓荫遮日。她双腿并拢当桌面,一会儿在一摞白纸上奋笔疾书,一会儿盯着远方若有所思。刚开始,我以为她是神经病。因为路边经常有神情不正常的人,要么愤世嫉俗地指天骂地,要么沉默不语,当你迎面走过,他露出凶狠的目光让你不寒而栗。

她看起来不年轻,也许年岁尚轻,由于窘迫的生活磨砺,面呈菜色和沧桑,脸略显浮肿,身形稍显丰满。很长时间她都娴静地坐在那儿不停地写啊写,全然不理会来往的行人,也不在乎那些带着探询、轻蔑、嫌恶、怜悯复杂的眼光,也不理会大街上嘈杂的汽笛声。

她身边只有一个灰色的包袱。包袱不大,松松垮垮的,估计也没装多少行李。她总穿着一件黄色的衬衫,一条黑裤子,两三个月来好像就没换洗过,她从哪里来?晚上又住在哪里?她因何故漂泊于此?她的家人呢?她在写些什么?她给人的感觉如此神秘。偶尔有面目慈祥的婆婆轻言细语关切地问她。她低头缄默不语,一副拒人于千里之外的神情。也许太多虚伪苍白的怜悯令她烦不胜烦。在我看来,如果不能给她实质性的帮助,任何语言都显得苍白无力。也许她根本就不需要别人所谓的怜悯。

有一天清晨,我去菜场买菜,亲眼看见一个老人把未吃完的油条丢在垃圾桶里,她若无其事地踱过去,从垃圾桶里拾起油条淡定从容地吃起来。面对我愕然的目光,她只是很平淡地看了一下我,然后随手拾起别人乱扔的一个矿泉水瓶,放在她包袱旁边的一个塑料袋里,塑料袋里横七竖八装着十来个矿泉水瓶。我站在远处一直默默关注她,后来看见她又坐在那儿写啊写。

一个非常炎热的中午,我在外面吃完饭,准备回家午休,看见她头枕着灰色的包袱,蜷缩在香樟树下的石阶上睡眠。她面朝着墙角一片郁郁葱葱的八角金盘,身后是车水马龙,市声喧嚣汹涌。我才明白她肯定晚上也在此休息。不远处就是市政府,那里有站岗的武警。她之所以选择这个地方,是因为心目中有武警可以庇护,应该没有坏人骚扰,多么无奈的聪明之举啊。

后来的一天,看见她收拾纸张,眼神坚定,露出温和的笑容。一个面目清新的白领男人好奇地问她,你每天是不是都在写长篇小说啊?她羞涩地笑了,没有否定,也没有肯定。

一场秋雨如期而至,淅淅沥沥缠绵了好几天。香樟树下很久没看到她的身影了,也不知她流落到何处去了。偶尔有一两个乞丐跪在那儿,看见行人走过,不停地磕头,露出狡黠的眼神。

　　每每我在电脑上敲字的时候,就会想起她,想起她在困顿、寒伧、极端窘迫的环境中,对理想的执着追求,心中由衷地钦佩。以此来鞭策自己的人生。

我的祖父

　　阳光映照着洁白的云块,缓缓移动。一个低矮潮润的屋檐下,他拿着一个长长的烟锅,坐在一把锈迹斑驳的椅子上。他脸上布满了老人斑,纵横如沟壑的皱纹,穿着宽大的深蓝色布衣,他沉醉般微眯着眼,悠闲吐出一圈圈淡蓝色雾霭,不时在椅上用力磕着烟锅里的灰烬。他一直以这样的姿势,存在我的记忆中。

　　很久,我一直想写关于他的文章,可我从无写起。在村人眼中,他是那么卑微,一个入赘随了女方姓的男人,一个中庸碌碌无为的人,一个孤苦了一辈子的男人,一个沉默寡言,和我没零星半点血缘关系的人。他特别宠爱我,总爱用慈祥的目光追随着我,他就是我的祖父。

　　若干年前,一个新寡的村妇,并且长年累月哮喘,总不见好,据说是月子里加深的病。女人坐月子的时候,恰遇农忙,那是插秧时节。男人日夜沉醉在麻将桌上,季节即将过去,女人无可奈何趁着白天黑夜到田间劳作,眼看着插完最后一小块地,可是虚弱的她晕倒在田间。男人是在麻将桌上故去的。她并不悲凄,也许生活的重压,早已使她麻木。她在哮喘中异常艰难地,

PART 2　行走在水边

带着三个嗷嗷待哺的孩子,大的孩子大约七八岁,小的还不到两岁。

一天,村支书家,一个穿着褴褛、蓬头垢面、眉目还算清秀的年轻男人在乞讨。那年轻男人低垂着头,默默伫立在那儿。村支书是个怜悯的人,看到可怜的年轻男人,联想到可怜的新寡村妇,他想把两个可怜的人凑合着一块过日子,相互照顾。他问了年轻男人很多问题,最后得知,年轻男人家乡遭遇特大洪灾,亲人都故去了,只有他孤身一人逃出来,四处乞讨为生。村支书把他带到新寡的村妇家,替他新取了名字,随女方家姓,算是替他们主持了婚礼。年轻的祖父在懵懂之间成了三个孩子的继父。

那新寡的村妇就是我可怜的奶奶,在我父亲八岁时,她终于熬到油尽灯枯,依依不舍地望着三个年幼的孩子故去。初始,年轻的祖父一点也不懂得照顾孩子。那一年,脑膜炎肆虐,十一岁的二伯父突发高烧。祖父以为孩子只是感冒,没有在意。后来等到把无法走路的二伯父送到村卫生所,二伯父已辞世。祖父当时是又惊又吓,扑到孩子稚嫩的冷冰冰的身体上,痛哭流涕、捶胸顿足。他对医生哭诉道:他不是有意的,他只是以为孩子感冒,挨一挨就会好的,他小时候也是这样的。从这件事后,少年时的大伯常常用一种仇视的眼光看着祖父。大伯从来也不叫他一声爹。

十五六岁的大伯已长得和祖父一样高大。大伯是个长相英俊,性格桀骜的男孩。他一个人放牛,霸着一座山,谁要进入他的领地,他就会打得那个孩子跪地求饶。李家湾,有和他年岁差不多的三兄弟,只要看见他就会躲得远远的。他们不服气,曾经三人围攻大伯,结果大伯下手比以往又狠又重,三人都挂了彩,哭哭啼啼回家。他们的父亲找上门来,指责祖父没有教育好自己的孩子。经常发生类似的事情。祖父是个不善言辞的人,管教大伯的方法只有用武力。曾经有一次,祖父打断了一根木棒,黏稠的血从大伯的嘴角流下,大伯没流过一滴眼泪,只是用狠狠的眼光瞪着祖父。祖父面对和他同样高大、桀骜不驯的继子,真是无能为力。他很自责和愧疚。他不知道用什么方法去教育孩子。

父亲小时多病多灾,长年哮喘,和长得壮实的大伯相比,父亲显得格外单薄瘦弱。八九岁的孩子，外形上看好像只有五六岁。自从二伯过世后，祖父对父亲倾注了全部的精力，只要听说什么药能根治哮喘，他就会去买，在医生指点下，去深山挖草药。有一阵子，家里总是弥漫着浓浓的草药味，健壮的大伯只要闻着草药味就会干呕。也许是祖父的诚心，打动了上苍，不久之后，父亲的哮喘根治，再也没有发过。瘦弱的父亲和祖父特别亲近，喜欢跟随在祖父身边。大伯很不满意父亲这样，他对继父没有一点好感，他希望父亲和他一样仇视祖父。

大伯后来到一个家庭条件非常好的人家入赘。大伯很情愿离开生养他的地方。对于大伯以后的人生，凭他强悍的个性，祖父一点儿也不担忧他。事实证明，大伯先是参加文工团到处演出，后又招工招干，家里家外虎虎生威。

在父亲结婚后，祖父就守着村里那一大片树林。对于树木，祖父有种特别的偏爱。那年洪水肆虐，一棵树曾经救过他的命。村里委派祖父照看树木，祖父确实是最佳人选，他本是个沉默寡言的人，耐得住寂寞。他一守就是十年，后来那片树林变成耕地，他就失业了。他回家后就住在低矮潮湿的偏房里，瞅着空落落的院子，他很惆怅。在来年的春天，他在院子里种上不同种类的果树，细心照料着。没过几年，偌大的院子里，春天枝繁叶茂，秋天果实累累。

祖父似乎曾经历一次爱情，或许不是爱情，或许是同病相怜。邻居周奶奶也是年轻守寡，带着两个幼女艰难度日。虽说是邻居，可是祖父沉默寡言，两家少有往来。一次，祖父去深山挖草药，调皮的大伯去水塘捞野菱角，一不小心滑下去了，大伯不会游泳，水塘本来就深，夏天水又浩荡。大伯在水里挣扎……急中生智的周奶奶，用一根木棒子将大伯拉上岸。祖父听说此事后，为了感激周奶奶对大伯的救命之恩，常常默默地帮周奶奶做一些出力气的农活。周奶奶也帮祖父做一些缝缝洗洗针线活之类。

祖父和周奶奶的交往，随着母亲的到来而小心翼翼，乃至无疾而终。至今为止，我都琢磨不透，母亲嫌恶周奶奶的原因。母亲常为鸡毛蒜皮的小事滋生事端，如发现鸡窝里的鸡蛋不翼而飞，她在院子里指桑骂槐，什么家贼难防、胳膊朝外拐之类,暗指祖父将鸡蛋给了周奶奶。关于母亲对祖父的态度,少年时的我颇有微词,不过每逢此时,母亲会揪我的耳朵,也许她恼怒自己生养的女儿不和她一条心。

和周奶奶的交往越来越少后,祖父更加沉默寡言。晌午,他牵了家里的老水牛去田野里遛了一圈,然后就坐在低矮的屋檐下,抽着长长的旱烟锅,沉默地坐着,谁也不知道他在想些什么?

八十五岁的祖父是无疾而终的。盘子里有他吃剩下的黄豆,这是他喝酒的下酒菜,还有一小口未喝完的白酒。祖父的身体一直是很硬朗的,医生说他是在深夜脑溢血突发过世的。得知祖父过世的消息,我和妹妹失声痛哭。在泪眼蒙眬中,我想起刚上班的第一个月,我趁母亲不在家,偷偷塞给他十元钱,祖父特别高兴。我曾以为等我们的生活优越了,我会好好地孝顺他,可是他这么早就过世了……想起在大雪皑皑的春节,他去十几里外的小镇为我和妹妹扛来一捆甘蔗;想起去学校住读时,他偷偷地塞给我皱巴巴的零花钱。想起……花开依旧,物是人非。现在的我只有在梦中还时时梦见他老人家。

行走在水边

一

这些年,我一次次行走在水边。去过宛在水中央厦门的鼓浪屿,去过气势磅礴的黄河壶口瀑布等。这次去江南,是我久违的期盼。那美丽的西湖,古朴的周庄,小桥流水人家的韵致,一直在我梦境中飘啊飘,汩汩地冒着七彩水泡。

周庄一直是养在深闺人未识,它之所以现在风靡中外,游客络绎不绝,一是得益于旅美画家陈逸飞的成名作《故乡的回忆——双桥》。二是交通便利,它离苏州上海都特别近。

那天去周庄,周庄正沐着细雨,淡烟疏雨,天空是淡青色的格调。白墙黛瓦。屋檐下悬挂的一个个红色的灯笼,在秋风中寂寥地摇曳。那一抹墨绿色的水带,静谧缓缓流淌。

一条小木船咿咿呀呀地从桥洞中穿过来,船尾坐着一个如菊花一样的女子。这场景似曾相识。哦,我想起上海女作家王安忆的作品,她写的《长恨歌》里有这样的场景,船上坐着年轻美丽的上海小姐王琦瑶,只不过她带着恓惶迷茫的神情。她是逃难而来。她已经经历了人世间最美好芳华的一段,那数也数不清的康乃馨是她无限荣耀的陪衬。她凄婉坐在船上,是经历花团锦簇繁华过后的空洞与落寞。那是好戏散场,人去楼空的凄凉。只不过她到达的目的地是乌镇,而这里是周庄的双桥。那菊花一样的女子,只可惜她穿的是一条白色的裙,如果她穿着一条白色碎花旗袍,岂不是更古典雅致,更融合这寂寥的水乡人家小桥?她独自一人坐在船上,如此的怆然和楚楚可怜,她又经历了什么?

我看见一些和我一样散淡的游客,神情恬静地漫步在狭窄幽长的青石板上。古老沧桑的明清建筑,千年万载的流水,拙朴的石桥,给人错觉和刹那间的迷失,就好像自己沐着唐时风宋时雨,不知天上宫阙,今昔是何年?前世今生的感喟。

谁家捣衣声,惊落一树繁花。这时我看见一幅很美妙亲切的场景。一个女子蹲在水边捣衣,有两个婆婆和她在说笑,吴侬软语,我自然是听不懂的,看那女子巧笑嫣然的样子,想必是聊得很欢。我有若干年没看见捣衣的情景了,现在乡下也很少了吧。那一声声的棒槌声是如此的悦耳清新响亮,那是力与美的组合。古诗形容:水中捣衣女,石桥渡岸人,廊檐润湿月,小窗掩纱痕。想必捣衣这幅美妙的场景，让无数才子才思文涌，佳作传世。

迎面过来一队队喧哗的旅行团，密集的人群，有尖锐肆意暧昧的笑容，给人抑郁的感觉，看来古镇也不清静啊，不过现在哪里还有世外桃源呢？同行的朋友说要跟随旅行团去看沈万山的故居。斑驳的石墙，暗淡的光影，雕刻的黑镂窗，暗红的家具，天井墨绿色的苔藓，一切都是陈旧沉郁的底色，都是追忆年华似水流的样子，仿佛向世人讲述着曾经的辉煌与富足。可是这一切今天看来是多么的沧桑和平淡。我默默从屋里退了出来，我喜欢温暖流畅明亮的色调，我喜欢沿着水边行走。要是没有这脉脉的流水映衬，那房子该是多么的暗淡和苍凉。

二

每每走到盈盈的水边，我都有一种莫名的感动和眷恋。无论是对着看似静止的一泓秋水，还是在乡村星罗棋布的堰塘，或者奔流不息、浪涛汹涌的大海。我已记不清是从什么时候开始有这个情结，好像打记事起，就有这种癖好。

少时我就很喜欢我们村的那条小河。放牛的时候，牵着牛一直沿着水边行走；放学的时候，一个人傻傻痴痴地坐在岸边，望着夕阳中的河水，其实什么也没想，只是觉得心里满满的，很兴奋很愉悦。

那条河水起源于漳河，冬天它清浅，冰清玉洁，夏天它涨水，浩浩荡荡。每年夏季河水总会带去一两个人，都是游泳的孩子。看见很多围观的人。看见孩子的亲人沿河岸去寻找孩子。也听见某某的叹息声，多么聪明可爱的孩子，就这么去了。

之后的几天里，在河边听见孩子父母悲怆的哭泣声，看见他们悲痛欲绝捶胸顿足以及踉跄的身影。之后十几天，即使再酷暑难当，河水也是寂静的。大家都还沉浸在恐惧中。没多久，小河就喧闹起来，听见小伙伴们银铃般的笑声，看见他们欢呼雀跃地戏水。我想，他们已经忘记恐惧和悲伤。失去孩子的父母,没多久又生育了鲜活幼小的孩子,又为人父母,生生不息的喜悦让他们忘记曾经的伤痛。

河水在我眼中一直是温柔的,就像现在金色的阳光洒在河面上,它柔丽妩媚,潋滟的波光脉脉含情。我在想,这么温驯的河水怎么会带去我已成年的同学。那时我们正二十来岁,花样的年纪。同学刚新婚不久,他的妻是我最好的朋友,他长得俊郎高大,他娇小秀气的妻当时已有七个月的身孕,她总是依偎在他的怀里,看到他们如胶似漆的甜蜜样子,我打心眼儿里祝福。

同学是在河边长大的汉子,游泳的技巧娴熟,潜水漂游,样样精湛。谁承想,他潜水陷进涵洞的旋涡里,直到三天以后,他静静地漂浮在河下游的几十公里处,才被发现。他父母哭天号地,几近昏厥,白发人送黑发人的伤痛是被剜心般的痛,那是人生中最凄惨的痛。

我的好朋友痛失爱夫,她的悲怆、她的苦痛,都让人怜惜。她之后就被父母接回自己的家中,虽然两家相距不远,她此时回家住,意义就非比寻常了。之后,同学的父母就得知儿媳要去引产的消息。他们一遍又一遍去儿媳家祈求发誓,只要儿媳生下孩子,抚养是两老的事,他们绝不找她任何麻烦,也不会影响她以后的再嫁和生活。听说他们曾经双双跪在媳妇的面前流泪祈求。

好朋友终究听从了父母的意见,到医院做了引产手术,据说,引下来的孩子是个男婴,还哭了几声。同学的父母一夜之间白了发,他们失去了儿子,又刚刚失去了孙子,几天里经历了人生的惨痛。同学的妈妈有点儿疯疯癫癫,她一天到晚深一脚浅一脚行走在河边喃喃自语。我生怕她会跳进河里。还好,她的爱人寸步不离地跟随着她。

女朋友一个月后养好身体来找我玩,我鄙夷地看着她,激动地对她大吼大叫,你是个杀手,你无情无义,我再也不和你玩了,你滚吧,滚得越远越好。那段时间,她家里的人走到哪里,大家都唾弃他们。她很快嫁到山里,我则辗转来到城市居住。

逝水流年,一晃十多年过去了,这几年我有时也会回到那条小河,有时也会遇见同学的父母,他们都老了。我们也渐渐会老去。春水流年,花依旧,人不同,这是自然规律,谁都不可能改变。他们都还认识我,扯起闲话,他们笑得是那样的爽朗。曾经的灾难,已在他们脸上没有任何痕迹,他们已经挺过那个坎了。我不由感叹,时间裹挟着我们仓促前行,剥蚀着我们,可是它又悄悄抚慰着那些受过伤痛的人们。我已经不再恨我的女朋友。我们都已经人到中年,都经历过或大或小的挫折和烦忧,心胸不再狭隘,考虑问题也不再偏激,我们已经学会懂得宽容和慈悲。

坐在河边,我有时也会想起最近韩国明星频频自杀的事,也唏嘘一个女编辑的投河自尽。我很纳闷,现在生活条件越来越好了,有房有车,有自由有消遣,有红颜知己,有蓝颜知己,有麻将有跳舞有酒吧有 KTV,可以快快乐乐度长假,可以轻轻松松出国见闻异国风情。生活是如此的丰富多彩。为什么,人却越来越脆弱,经受不住一点小小的挫折和伤痛?逝者已逝,我们不应该指责什么的。只是她悲壮地纵身一跃的时候,有没有想起被她伤害的年老父母和年幼需要呵护的孩子。又有什么大不了,他不爱你,你可以寻找新的爱情。其实挺一挺,可以越过那道坎,就像我同学的父母。

生命只有一次,生命也只有一次,离开了就是天上人间两茫茫,从此相逢在梦中。

三

蒹葭苍苍,白露茫茫,所谓伊人,在水一方,那在水一方的水啊,我是无与伦比地痴爱。我想,我对水的这份执着痴迷渴求,应该是与生俱来的吧。

结婚以后,我最常去的是一条名不见经传的小河,它位于云梦境内,它的名字叫蔡河。和其他小河相比,这条河也并没有什么不同。只是河边的沙滩有种苍凉深邃的美。纯金一般烁亮的沙粒,静寂地卧着,一无遮拦起伏不平,亘古久远的样子。一抹蓝丝带样的流水沉静地流淌,蜿蜒而来,逶迤而去。有风的日子,风从河岸的那边轻巧地袭过来,它温柔地撩起你的长发和衣裙,然后又迫不及待地吹到很远的旷野里去了,四野里寂静无人,似乎可以聆听到风的声音。时间在这里仿佛是停滞的,除了单纯的日出月落,沙滩河流仿佛未曾改变过。站在这里,我相信永恒,我亦相信永远。

这里是爱人的出生地,也是他无数次给我念叨的河流。他很亲切,无限向往地描述追溯着。我的心头就会浮现出一幅幅影像,一个光屁股的男孩子淘气地向小伙伴抛沙;一个男孩子在河里抓获到一条两斤多的黑鱼,在昏暗的煤油灯下,一家人围坐在一起享用,那带着葱花香鲜美的鱼香,让他留恋到现在,再也吃不到那么好的鱼了;他说他曾经掉进河里,那应该是冰天雪地的日子,他为了贪吃河里的冻冰,捞啊捞,弱小的他一不小心滑进河里,他拼命地揪住岸上的一茎草,方才爬上岸……其实这都是童年的过往,每个人心中都有这样清澈澄明的河流。在孤独的时候和梦中,我们会想起年少时一些温情的瞬间,那才是我们心灵的故乡,只是我们回不去了,永远也回不去了。

我常常沿着蔡河的河岸漫步,或者坐在岸边望着缓缓流动的河流,如水般的阳光温暖倾泻在我的身上。身边不时有劳作的村民经过我的身旁,他们篮子里或三轮车中有新鲜颜色张扬的蔬菜,他们或扛着犁铧,或者骑着自行车,不管相识不相识,他们都会朝你会心一笑,坦率真诚淳厚,健康明朗的气息扑面而来。这里对于我来说,虽然是异乡,可是我从未孤独过,他们一次次投来关切的目光,嘘寒问暖,里面承载着太多厚实的爱。

我对蔡河有着感激之情,它以博大宽广的胸怀,给了一个爱我的人。这在我的人生中,是最最重要的事情。它是我幸福的源泉。

刺绣

在苏州,我路过一条街,两边都是苏州刺绣品。有色彩鲜艳的富贵牡丹图,有清雅的清明上河图,有绰约多姿的花鸟。它们绚丽地陈列在那儿,奢华张扬得让人惊艳。大的作品可以置摆于客厅,小巧玲珑的作品,可以玩赏于掌心之中。对着这些灵性温暖的绣品,我几乎爱不释手。我想在离开苏州时带一些回来,后来离开匆忙,最终没买成。回来后,我每每想到今生可能错过的苏绣品,心里不免隐隐作痛。邂逅是缘分,错过是遗憾。人和物又有什么区别呢?

本来想近距离了解绣女的生活状况,无奈同伴没有兴趣。后来的士司机告诉我,说绣女从不做家务事,要保养好一双细腻柔滑的手。我好奇地猜度,那是些什么样美轮美奂的手啊!她们坐在雕花精细的木格窗下,低着头娴静地飞针走线,白皙的手指娇嫩如葱,像白蝴蝶一样,在或红或紫或蓝的丝绸上穿梭飞舞。她们风情万种地织就锦绣年华,在优雅中老去。她们应该很幸福,因为她们日日做着美好的事情。

刺绣在我国可谓源远流长。殷商和西周的出土文物中就有刺绣品。它们是弥足珍贵的爱情信物吧,有着缠绵悱恻哀婉的爱情故事?何以保存了几千年,没有灰飞烟灭?繁荣的盛唐时期,刺绣工艺发展迅猛。诗人李白道:翡翠黄金缕,绣成歌舞衣。想必他看过绝代佳人杨玉环身穿七彩丝线织就的霓裳锦衣,翩翩起舞,人美衣美给他留下了深刻印象。

电影《刘三姐》中就有一个经典镜头，澄澈的蓝天，刘三姐在千年古树下，把绣球抛给阿牛，然后羞涩回眸一笑跑了，阿牛喜滋滋接过绣球，激动万分。在偏僻的乡间，姑娘也经常给恋人绣花鞋垫表达自己的爱意。将用米磨成的米面用水调成糊，用青布剪成鞋样，一层层布用面糊封住，放在太阳下晒干，然后用纯白棉布做鞋面。她们用五彩缤纷的丝线，在白色鞋面上绣出戏水鸳鸯，或是百鸟朝凤。其实她们知道在街上买一双鞋垫只要一元钱。可是爱意是无价的，是真心付出，是深情寄托。出门打工漂泊在外的恋人，在简陋的出租屋，看着美丽的鞋垫，想着远在家乡的她，在严寒的冬天，也有春天般的温暖吧。

我曾经有一双很好看的鞋垫，是两朵含苞欲放的芙蓉。这是爱人的妈妈专门给我绣的。因为特别喜欢，逢闲暇时间，便拿出来仔细端详着欣赏着，心里洋溢着温暖的感觉，一直舍不得用。后来搬家时不慎遗失，甚为懊恼。现在婆婆年龄大了，眼神不济，不可能穿针引线了，美好也只能存留在记忆中。其实婆婆个性刚直，我也是率直的一个人，婆媳之间偶尔会发生摩擦，让我们都不愉快。只要想起婆婆坐在太阳底下，戴着老花镜，一针一线细致耐心地给我绣着芙蓉花，所有的不愉快转瞬间便烟消云散。

现在街上很流行十字绣。我想，十字绣更适合安静娴雅的女人。有一次我去一个小区找人，在一株开满紫色花朵的藤萝树下，一个穿着白裙子的少妇，正低着头专心绣着群马图，她的神情温柔微微带着笑意。很美安宁的画面。我竟然唐突地站在那儿，傻傻看着她，莫名感动起来。我想，什么样的女人才有女人味呢？此时的少妇应该就有百分之百的女人味吧。

被风吹过的夏天

很多时候我总是被同样的一个梦境惊醒，在岚气氤氲中，在人迹罕见的山林中，一弯冷月孤清地悬挂在树梢上，我在树林中跑啊跑，竟然迷路了，始终找不到出路，后来好像到了悬崖峭壁边。在胆战心惊中，我的小腿猛然一伸，我就惊醒了。妈妈说，这是你在长个子了。我觉得妈妈这种解释很牵强，三十多岁的我还会长个子吗？其实我知道有个非常隐秘的原因，一直深深地烙印在我的心中，无法释然。与我十五岁的一次经历有关。

那是一所非常静谧的乡村中学，坐落在龙山脚下，周遭只有荒郊山丘，风和树在野地里簌簌作响。学校因一泓清泉而得名。清泉水日夜汩汩流淌，四季常温。附近十多个山村都没有中学，每天在晨光熹微里，十里八方的学生从不同的方向，从逶迤的小路上赶来上学。学校有两幢校舍，一个宽广的土操场，一面红旗因天长日久的风吹雨打，已经严重褪色，半红不灰地系在一根笔直的木杆上猎猎作响。

我家所在的村落离学校大概有十几里地，都是山路迢迢，中间有一条清澈的小河，说是小河，其实就是一个水库。每逢汛期，河水波涛汹涌，来往过河的村民十方不便。那年，村中学撤销的时候，村里的学生都纷纷辍学在家，只有六队的一个男生俊，我们队的三个女生转到泉水中学去读书。两个女生是邻居薇和红。薇一去泉水中学，就是我们班的班长，不过她的成绩在班上也是名列前茅，老师非常喜欢她。其实我觉得她很高傲，有些瞧不起人。

薇是家里最小的孩子,她妈妈生了三个儿子,产下她时欣喜若狂,她一直希望有个女儿,薇从小就是被父母和三个哥哥娇宠的公主。

　　初三的学生都要求住校,只有星期五的晚上放假,然后星期六到学校上晚自习。通常我们三人会结伴而行,毕竟沿途都是偏僻的荒郊野岭。到了学校我们关系并不是很亲密。我和龟山村的一个女生清特别要好,清和薇是对头。清的成绩也很好,也很高傲。薇每每看到我和清说说笑笑的,便对我露出冷漠的神情。红在回家的路上对我热嘲冷讽,说我是无间道,不和本村的人玩,却和外村的人同仇敌忾。我知道薇和红对我心存芥蒂,不知为什么,薇和我总是格格不入,薇是唯我独尊的人,我也是一个自尊心极强的人,我不会刻意去附属她,我们始终停留在同村人的关系上。

　　一天星期五的晚上,薇的妈妈跑到我家,和父亲大吵大闹,是为了水稻田的用水。第二天下午去上学。薇和红没有喊我同路,径直去了学校。其实于我也没什么,不同路就不同路,大路朝天,各走一边,分道扬镳就分道扬镳。

　　我拎着妈妈为我准备一星期吃的盐干菜,绕道去了清的家,喊清一起结伴上学。清家的屋后树林茂密,成群成群的白鹭栖息在树梢上,我看着它们成群成群地飞来飞去。它们是那样悠闲自在,是那样心无芥蒂聚集在一起飞翔。

　　我和清走在松香阵阵的丛林中,间或有馥郁的野百合香。两人兴奋地循着花香,去采摘野百合。野百合素白素白的,花朵硕大而丰腴,花真香啊,吸一口,香气直窜到人的五脏六腑里去了。去学校的山路上,沿途有很多红色的浆果,类似野山楂,吃在嘴巴里,酸甜酸甜的。我和清都是率真爽朗的人,我们站在龟山山顶上,快活地大声呼喊:啊!啊!山谷中传来我们肆无忌惮的回音。其实和清在一起,我感觉我是多么的快乐!

　　可是快乐总是短暂的,清因意外的事件休学了。她在上学的路上被坏人侮辱了。这件事对清打击很大,她躲在家里不见任何生人,包括朋友和亲戚。我在星期五的下午去找她,在门外大声喊她,可她始终不见我,在那年夏天，我们的友谊渐行渐远，脆弱得，如同一块晶莹剔透的玻璃，仿佛一阵风吹过，没有任何征兆，它就跌落在地上，碎裂成无数的碎屑，在阳光照耀下，泛出凛冽的寒光。

红偶尔和我讲讲话，薇几乎不和我说话，每次在学校碰面，我们互相都视而不见，形同陌路。一天星期五放学后，我正准备回家，班主任把我留下来，说是薇要我值日做卫生，我没做。班主任批评我。太委屈了，薇根本没和我说什么，当时我的眼泪就流下来了，和班主任吵了起来，班主任要我擦完教室玻璃后再回家，怎么能有这样的老师呢？一个稀里糊涂的老头子，一个是非不明的老师，我当时恨死他了。

天色渐渐暗淡下来，暮色浓郁，偌大的学校已空无一人。四周的山岭寂静无声，我在山路上朝家的方向飞快地奔跑，路上只有我沙沙的脚步声，山林中的猫头鹰开始在叫了，夜莺在阴阳怪气地唱歌，我想起传说中的妖魔鬼怪，心里惧怕万分，失魂落魄。我气喘吁吁地跑到我们村的那条河边，河水暴涨，湍急的水流在打着旋涡。我拾起一块石头，丢进河里，瞬间就被水流冲走了。站在河边，我茫然失措，仿佛听见妈妈在灶台边忙碌晚餐的声音。

月亮渐渐升起来了。我站在河岸边，朝着对岸大声呼喊，只有河水回应着我，胆小的我因恐惧而哭泣。远远看见一个身影向河岸这边移动。近了，看清是父亲牵着一头牛来接我过河。我对父亲说，我不读书了。我哭泣着把前因后果讲给父亲听。第二天，父亲到学校找到了班主任，班主任向父亲道歉。任性乖张的我再也不愿意回到那所学校。还有两个月就要中考，我在家复习。

事情总是出乎意料，让人啼笑皆非。俊落榜了。我和红考取了同一所高中。学校离我们村也是十几里地，高中三年，我和红又结伴去学校了。薇考取了中专，村里为她放专场电影，她家为她大宴宾客。听说有很多同学都去她家了。我没去，快乐是她的快乐，荣耀也是她的荣耀，与我又有什么关系呢？

流年似水，一晃很多年就这么无声无息地过去了。我和薇都在同一座城市生活,并且知道她在城区一所小学教书。可是我们从来没有见过面,也从来没有在路上相遇过。有一次过年回老家走亲戚,亲戚的隔壁是薇的大哥,那天凑巧薇也到她大哥家去拜年。亲戚问我,想见她吗?你们曾经是同学。我犹豫着,见还是不见?薇那天肯定知道我也在隔壁,她也没有过来看我。见面说什么呢?也许很尴尬。她的想法和我一样,相见亦无言,还不如不见。我们还是相忘于江湖吧。这样也好。

后来和清彻底失去联系。只是偶尔听到关于她的只言片语,说她后来好像考上大学,好像和俊结婚了,俊在学校里一直暗恋清。前年夏天的某一天,我和清偶然相遇在公交车上。清还是那么漂亮,只是眼底眉梢多了份沉静,带着一抹让人怜惜的忧郁。她和我互相简单问候了一下,然后她侧身朝着窗外,默然而立,一副拒我于千里之外的样子。我也尴尬地望着另外一边的窗外,淌过十五岁的记忆之河,往事纷至沓来,我们曾经是一对多么知心的朋友啊!现在近在咫尺却心隔天涯,再见竟然成陌路人。那一刻,我很伤感,心中怅然若失。其实我能理解她的苦衷,她不愿意看到我,就是不愿回首不堪的往事。如果祈祷能够如愿,我真心地祝福她幸福。

千年惆怅

月黑风高,山村在黑漆漆的夜色中沉睡,除了偶尔的几声狗吠。几个黑衣人借着微弱的手电筒光,来到纪山郭店村,他们挥舞着利斧,无数次地扬起、落下,扬起、落下。伴随着几声压抑的惊喜的叫声,在四五米的地下,沉

PART 2 行走在水边

静了千年的宝藏,从清梦中苏醒。几个盗墓贼开启了震惊世界的发现之旅。然后是疯狂的掠夺,他们将目光投向价值连城的龙首玉带钩、东宫之杯等大批战国时期的礼器、乐器。儒家的《老子》《太一生水》等极为珍贵的楚简,这些也许在他们眼中并不起眼,被他们胡乱丢弃在脚下,随意践踏,任意损毁。历史总有惊人相似,人类的文明,总是被无知者所摧毁。

五月,我来到纪山。这里的地貌确实奇特。大大小小形状各异的冢子,像一把随意散落的棋子。抛开奇异的地貌,五月的纪山绮丽而美好。村人日出而作,日落而息。有抱着小孩的老妇在悠闲地串门;在夕阳的沐浴中,有收工的农人,扛着犁铧,牵着一头慢条斯理迈着方步的老牛回家;村里的妇人,在灶台前忙活,缕缕青烟在苍茫的夜色中袅袅升起,这里生活宁静、安详。

五月的纪山村,到处都是生机勃勃的样子。阳光充沛,植物汁液饱满。山村掩映在高大葱绿的树木之中,如行绿色长廊,远观那醉人的绿啊,好像在丛林中飘浮起了透明的绿雾,轻盈如同纱衣。那翩跹在林间的小鸟,在树梢快乐地翻上翻下,一边婉转地低吟浅唱。池塘里的新荷,方才舒展着它的叶片,闪亮而又清新。路边成熟了的桑葚,无人采摘,它们悄然零落,静静地匍匐在地上,这场景就好像是黛玉葬花,让人唏嘘喟叹。生命的轨迹总是一样,质本洁来还洁去,从哪里来,也到哪里去。世上没有相同的桑葚。就像人生的诀别,即使你望断天涯路,也永远不会再相见。世界上,没有第二个你,也没有第二个我,请珍惜今天在一起的缘分。

纪山,是战国时期楚国的都城——纪山城。回溯还原历史,这里曾经是重重巍峨壮观的楚国宫殿。是文武百官朝拜楚王的地方,庄严而又神圣。宫内繁花似锦,舞榭歌台,歌舞升平,楚怀王沉醉在温柔之乡,可否听见秦国的战鼓擂动? 在这里,我仿佛看见,美貌聪慧而善妒的楚怀王宠妃郑袖,狡黠妩媚的笑容。似乎看见面色沉重郁郁寡欢的三闾大夫屈原,伫立在汨罗江畔,衣袂飘飘,仰身长叹:沧海之水清兮,可以濯吾缨;沧海之水浊兮,可以濯吾足……屈原忧国忧民,不遇民主,万事空蹉跎,只有饮恨抱石奋投汨罗江。风萧萧兮易水寒,壮士一去兮不复还。仿佛看见空有凌云壮志,紧要关头,优柔寡断,最后遭到灭顶之灾的楚国将领春申君黄歇。一幕幕楚国的历史画卷,纷至沓来。

千年沧桑。无情的战火,烽火连天,刀光剑影。朝代的频繁更迭。楚国多少高楼亭台都在历代灾难中灰飞烟灭。历经千年,天灾的,人祸的,楚宫的一片瓦砾都未曾留下。只有千年的清风亘古不变,吹拂着眼前疯长的野草。

爬上一个小山坡。在纪山,这里地势最高,一览众山小,这里的楚墓群气势磅礴,颇有王者气势。有学者猜测是楚怀王之墓,当然这仅仅是猜测,没经专家考证过。有向导说,这里还隐约有三级祭祀台。可想而知,当时的祭祀场面是多么的庄严肃穆,戒备森严。先是楚王,然后是他的嫔妃,依次是他的文武百官。可是无论是地位尊贵的王,还是卑微的百姓,还有楚国的江山,都是时间的过客。红尘滔滔,所有的一切终被时间的长河所湮灭。只有长眠在地下的,才能幸免于难。这里松涛阵阵。山坡上成片成片枯萎了的野菊花,在风中寂寞地摇曳。周围的野草在肆意地蔓延,仿佛在诉说着无尽的苍凉。青山依旧在,千年夕阳红。楚王的子孙如今安何在?

我凝视着不远处的一个小山包。三个服刑的盗墓者,长眠在那儿,他们将生生世世与他们所觊觎的宝藏天长地久。听说其中有个刚满十八岁的少年。他的母亲悲怆地追赶刑车,几乎痛不欲生,风中似乎有她凄怆的哭泣声。纪山人与宝藏为邻,是幸还是不幸? 是为了钱财铤而走险,必将受到法律的严惩? 还是甘愿平淡地在从容中生活? 我想,纪山人,还是守着一分清贫,守着一分淡定,守着一分安详,一家人平安健康相守在一起,这才应该是纪山人的幸福。

恩施之旅

土司城及其他

春天总是让人期待的季节。比如期待樱花的盛开,比如期待某一个人的回归,能够朝夕相伴,比如期待一次心灵自由放逐的旅行。

在这个春天,我偶然和恩施邂逅。

走近恩施土司城,一座古色古香,饱经沧桑的城楼,矗立在眼前。上面镌写着:恩施土司城。我其实很早就知道土家族,只是从未像今天一样,如此近距离地,去触摸和感受一个民族的灵魂和气息。

撩开历史厚重的面纱,一些尘封的,跌宕起伏的,沉淀在岁月深处的往事,都会清晰明了缓缓地呈现在眼前。我的眼光停留在一面褐色的墙上。上面记载着土家族最英明的土司,正跪拜在康熙皇帝的面前。据说,他曾三次受到康熙皇帝的接见和嘉奖。曾经的荣耀,都随时间的云烟散去。关于他的传奇,却会留在游客的记忆中。

廪君祠的墙上,雕刻着很多神态各异的白虎。后来才知道,白虎是土家族的图腾,他们自认为是白虎的后裔。虎是森林之王,充满着强悍和桀骜之气。他们供奉和崇拜白虎,希望它能为族人驱恶辟邪,愿自己能平安吉祥。

九进堂是历代土司居住的地方。土司制度是土家族至高无上的皇权。土司也是世袭制。九进堂的外墙是橘色的,明亮而温暖。上面缀着许多规则银色的图形,或是立体图形,或是花朵,或是飞鸟。灰褐色的瓦。一眼望去,层层叠叠的院落,给人一种庭院深深的感觉。

正门前的木柱上缠缠绕绕的两条龙。镂空雕花的木窗,斑驳的木制房屋,沉郁苍凉的底色。仿佛在向世人讲述着九进堂曾经的辉煌,和岁月的沧桑迷离之感。

九进堂的房屋结构,是很平常的一种,和我们在乡下所看到的旧房屋,结构大致一样。先是房屋,然后院落,一层层地递进。在九进堂灰褐色的庭院里,我看到一对新人在照婚纱照。女孩子身穿红色的纱衣,娉婷俏丽,深情款款地望着她的老公。面对熙熙攘攘的游客,纷纷扰扰的世界,只有他,才是她的唯一。九进堂历经岁月沧桑,年代久远。他们在这里留下最美好的靓影,让九进堂见证他们的爱情,期望他们的爱情能够地久天长,花好月圆。唉!三四十年后,你的身旁是否还是他相伴?他的枕边人是否还是你?时光漫漫,翻云覆雨,结局,谁也无法预料。只有此时此刻,绵绵的情意让人感动。

九进堂四面环山,高高的山上,清晰可见连绵不断灰色的城墙,像长城般屹立在九进堂的周围,真有一夫当关,万夫莫开的恢宏气势。现在,城墙犹在,九进堂的后人呢?有朋友也是土家族后人,他现在已经改为汉族人,和我们一样平凡碌碌地生活着。其实无论是汉族人,还是土家族人,我们都是炎黄子孙,我们都是中国人。

土家族人大都能歌善舞。最具代表性,也是最朗朗上口的民歌是《六口茶》。喝你一口茶呀,问你一句话,你的那个爹妈(噻)在家不在家……土家族人的含蓄、幽默一目了然。我想,一个民族能够生生不息,代代相传,首先是它精粹的文化传承。诗歌也是一种代表吧。至少我知道《六口茶》是土家族的民歌。

一座风雨桥

晚上,吃完非常具有土家风味的晚宴后,恩施的朋友说要带着我们,去感受恩施的夜生活。

清澈几乎透明的清江，从城市的中心流淌，逶迤而过。清江两畔都是城区，岸的一边是具有时尚感，繁华的新城区，另一边是有岁月做底蕴的老城区。

我们沿着清江的岸边步行。一座桥巍然屹立在清江之上，桥上灯火通明。宽阔的长廊，五个层层观景的亭阁，金碧辉煌，宏伟壮观。朋友告诉我们，这是恩施非常有名的步行桥，名风雨桥。是行人遮风挡雨的好地方，也是供行人休憩的地方。

桥上，行人人来人往。有兜揽生意的小生意人。他们随意将商品摆在桥上，有顾客在那儿不慌不忙地挑选。有七八个男人围在一起，原来是两个男人在冷静地下着象棋。观棋不语，围观的男人都屏气凝神在观看。还有更多和我一样悠闲的游人，站在桥上，观看远处城市的风景。

从我上桥的那一刻，我就听到有委婉悠扬的萨克斯声音传来。原来是一个四十多岁的男人站在桥上，旁若无人，沉醉地演奏着一首经典的萨克斯名曲《茉莉花》。他随着音乐的节奏摇摆，非常投入地表演，有一种与生俱来的艺术家气质。在夜色凄迷的风雨桥上，他的音乐，有一种能够瞬间抵达人的内心，让人滋生一种柔软的情愫。有三三两两的行人掏腰包，弓着腰把钱放在萨克斯歌手的面前。朋友告诉我们，每每夜晚降临，在风雨桥上，有很多流浪艺人在这里卖艺。行人或多或少地都会施予，毕竟人家表演的也是一种艺术。

我伫立在风雨桥头，看着恩施的夜晚，到处是五光十色的霓虹灯在闪烁。灯光隐隐约约地倒映在碧波轻漾的清江中。光影绰约，多么的摇曳生姿啊！和着如泣如诉的萨克斯的声音，真是如梦似幻，恍然在梦中。

朋友说，夜晚是恩施最好的时光，紧张劳累了一天的人们，在吃完晚饭后，他们都会徜徉在风雨桥上，踩着木排铺成的观光小道，沿着清江，悠闲地散步。可以忘却白日里的疲乏生活。远离尘世的喧嚣和与烦躁，让人心情回归宁静与安详。

我想起湖南名垂千古的岳阳楼,范先生的先天下之忧而忧,后天下之乐而乐乎!恩施的风雨桥,替人们遮风挡雨的风雨桥,它的名字注定就会流传千古,功在千秋万代。一个替百姓实实在在做好事,遮挡风雨,合乎民意的政绩,总是让人缅怀,念念不忘。

　　在我的心中,风雨桥,多好的名字,是多么美丽的一座桥啊!

另类朋友

　　那天上午,我买完菜走进小区,看见一只黑色的小狗,依依地跟随一位女子,女子不胜惶恐,满脸厌恶神情,又是轻叱,又是踢脚。小狗哀哀叫唤,缠绵的样子,让人怜惜。也许是它主人遗弃了它;也许是它主人为了生活,在他乡生存,无法带走它。谁知呢?反正现在它是一条流浪狗,渴望人的抚养和呵护。后来,我和那女子登上一个高高的台阶,小狗无可奈何呜咽着,哀切地望着我们远去。

　　对于狗,我一直是充满歉疚之情的。后来我不愿意养宠物之类,害怕付出感情,收获的是伤痛。

　　少年时,我住在乡下。我家养了一只狗,我给它取名小白。当初我从亲戚那里满心欢喜地将它抱回家,它才出生没多久,纯白色的,没有一点儿杂色,毛茸茸的,憨态可掬的样子。小白黏糊糊的,喜欢摇着尾巴跟随在你左右。那时候,家里还有一只黑色的猫。可是我最喜欢的是小白,常常抚摸它,常常和它嬉戏。黑色的猫不识趣地凑过来,我就会大声呵斥它,它依依不舍

PART 2
行走在水边

不愿离去,我就会去踢它,它于是躲得远远的,蜷缩着望我们。

有一天,我去亲戚家,亲戚家的狗是小白的妈妈。那天,我去狗窝找狗妈妈,因为得知这几天狗妈妈临产了,我思忖,不知它产下几只小白狗,没等我去数,狗妈妈发出一声阴森的嗥叫,凌厉地蹿过来,在我大腿上撕咬下一块肉,疼得我大声号啕,直到现在那牙印还似乎隐隐作痛。

此后,小白成了我泄愤的对象。由爱到恨,我踢它,用木棒打它,打得它嗷嗷乱窜。每次看到我,它躲得远远的,眼神充满迷惘。它渐渐长大了,高挑的腿,俊美得超凡脱俗。什么黄鼠狼之类,从不敢光临我家鸡笼。它恶狠狠的样子,让陌生人望而却步。但凡是来过我家几次的亲戚,它都会谄媚地摇着尾巴。

我们家后来搬到城里。临走时,小白在我们腿上蹭来蹭去,嘴里发出呜呜的呻吟。几次,父亲把它撵回去,用石块砸它。因为买我家老屋的人,要求我们将小白留下。可是没多久,又看到小白溅起一路灰尘,气喘吁吁追赶我们。

第三年冬天,我和妹妹回乡下,看夜夜想念的老屋。湾子里有只狗远远地朝我们狂吠追过来,这时,小白朝那只狗狂吠,那只狗摇着尾巴一边去了,小白奔过来,亲昵地围着我们转个不停,在我们腿上蹭来蹭去。伴随着我们看屋后竹林,屋畔看结了冰的水塘。看完后,小白一直护送我们到邻村伯伯家。

过了两天,我们又回到老屋,湾子里寂静无声,小白也不见踪影。我们问买我老屋的人,他说,昨晚湾子里的两只狗,都被人用药迷杀了,城里人喜欢吃狗肉火锅,现在狗肉肉价上涨,村里的狗几乎都被人弄去买了,几乎消失殆尽。沿着路上一串断断续续新的血渍,我仿佛看到小白忧伤绝望的眼睛。我和妹妹在路上号啕大哭。我一直忧伤了那年整个冬天。

现在我的父亲退休后到乡里居住。闲暇之时,他放养了几十只鸡,小鸡都长得毛茸茸的,非常可爱。可是到了第二天,父亲发现几只小鸡被可恶的黄鼠狼咬断了脖颈。一连几天都是这样。没办法,父亲只好从朋友那里牵来一条杂交狗,杂交狗个头非常矮小,通身纯黑的毛颇有光泽。据主人介绍,别看小黑个头小,一般的狗和黄鼠狼都还怕它。

父亲把小黑关在院子里,那夜黄鼠狼没有来袭击鸡。可是第二天白天,小黑又跑回到它原来的主人家,缠绕在它原主人的裤脚下,呜呜咽咽,十分悲怆可怜的样子,它显然不愿意离开它的前主人。它的前主人只好用车把它又送回到我父亲家。没几天,小黑又会故技重演,回到它前主人家,它的前主人用木棍棒它,用石块砸它,它还是很执拗地一次又一次回到它的前主人家。往返了很多次,它才安心在我父亲家安顿下来,只是偶尔也会回到它的前主人家,好像是去串亲,不过它在晚上会准点回来,这样它好像照顾了两位主人,我们都说小黑非常忠实,多好的狗啊!

在城里待久了的母亲,很不习惯乡村格外宁静的夜晚,她常常会失眠,内心惶惶不安。自从有了小黑,她才睡得安心踏实。无论是人还是陌生的动物,只要靠近父亲的家,小黑就会尽职尽忠地吠,让主人知道。

很多次,我们开车回家,大概离家还有半里路的样子,就会看到一个矮小的黑影急切地向我们奔跑过来,原来是小黑跑到公路上来迎接我们。很多时候,我都在想,狗是多么灵敏聪明的动物啊,它能在半里之外听到主人的汽车声音。下车后,小黑会亲热地围着我们打转转,用嘴巴蹭着我们的裤脚。

去年冬天某一个下雪的夜晚,小黑不见了踪迹。父亲到处去找。后来听邻居说,他在晚上仿佛听见摩托车开动的声音,由于天气太冷,他没起床看。之后,我们一直在期待,期待某一天,小黑会突然出现在我们面前,它会亲热地围着我们打转转,用嘴巴蹭着我们的裤脚。

两只狗,一样的宿命,同样栽倒在阴险狡诈的狗贩子手里。只要想到它们被宰割的样子,我就会很心痛、很心痛。有人喊我去吃狗肉火锅,说是滋补,我就很激动,我不吃狗肉,我一辈子也不会吃狗肉,它们是人类的另类朋友,我们怎么能够去吃朋友的肉呢?

>>>> PART 3

紫藤花开

哦，女孩，但愿你能尽快忘记悲伤，快乐起来。买一束香水百合吧，那是你母亲最喜欢的鲜花。

 # 简单生活

　　曾经有一段时间，我特别喜爱香水百合。看到女子手捧爱人送的鲜花，洋溢着幸福的笑靥，心里格外羡慕。惆怅自己已错过了花样年华。那天情人节，经过南国花苑，自己买了一束粉红香水百合，回家将它放在盛满清水的玻璃器皿里，满屋弥漫着百合清醇的花香。我坐在餐桌旁，品着玫瑰花茶。此时有灿烂的阳光从窗外倾泻进来，明亮温暖的阳光轻轻抚摸着我。我是一个容易满足的女人，哪怕是微不足道的快乐，我都感觉很幸福。只要自己快乐，自己给自己送花又何妨。

　　有时工作烦闷，身心疲惫。夜晚，打开音乐，我穿上轻柔的桑蚕丝裙子，在轻松舒畅的旋律中，和自己最爱的人，跳上一曲飘逸的华尔兹。或者在婉转低回的旋律中，和爱人深情相拥，跳上一曲浪漫的贴面舞。调皮的爱人有时会轻吻我的脸颊。此时我的心像蔷薇一样盛开，快乐得不知今夕是何年。我不美丽，可是仗着有人娇宠，感觉自己的心柔软温暖。

　　夕阳西下，我会漫不经心到街心亭休憩。那里有一株蓬蓬勃勃的紫藤萝花。花开时节，一串串紫色的小花像铃铛悬挂着。这里风儿清凉，有很多陌生人匆忙路过，偶尔有精致时尚的女孩子轻盈走过。她们会露出隐约甜美的微笑，带来明媚健康的气息。我不喜欢脸色阴郁的人。让人感觉沉重。紫藤萝树下有几个卖风味小吃的小贩，有炸臭豆腐干的老太太，有卖煎锅土豆饼的中年男人。他们沉默寡言，默默忙碌着手中的活计。健谈的年轻男

人卖小汤包,他有固定的摊位,到紫藤萝树下卖小汤包,是为了赚外快。他笑容明朗地说,刚生了女儿,要多多挣钱,让妻子和女儿生活无忧。虽然生活窘迫,可是充满阳光积极进取,这样的人总是令人敬重。

菜场是我每天必去的地方。和漳河来的几位大嫂颇为投机。喜欢她们的率真爽朗,没有菜贩子商人味浓,有时和她们能愉快聊上半天。她们每天都会带来新鲜碧青的蔬菜,或是漳河野生的鱼虾,她们都会给我留下最新鲜、无污染的绿色食品。我亦会给她们相应的价格,这样做公平合理,朋友才会长久。

给自己最爱的两个人做饭做菜,感觉很温情。一个老宝贝老男人,一个小宝贝小男人,两个宝贝都是我的最爱。老宝贝温文尔雅,他皮肤白皙,肥胖矮壮。因营养过剩,喜新鲜的蔬菜和风味泡菜,对付老宝贝的口味,我的厨艺是绰绰有余。小宝贝纤细俊朗,正值青春期,他的饮食让我颇费周折,有时从菜场的这头转到菜场的那头,依然两手空空。面对品种繁多的菜场,我都不知应该买什么,才能满足孩子的口味。也许是我太挑剔,在我心目中,希望孩子健康强壮。这是每个做母亲的心愿吧。

寂寞的日子也是有的。那通常是爱人出去应酬,或是出差在外地。清静的我竟有无所适从的感觉。也许寂寞,思想才会更加敏锐,灵魂在夜风中跳跃。随意在电脑前写下过往的忧伤和脆弱,少女时的甜美往事,童年时的无拘无束,人生的无奈悲凉和坚韧的苦苦挣扎。文字青涩简单,像水滴般清澈,没有技巧,真情率性而作。

在夜色凄迷中,我站在阳台欣赏城市的夜景。喜欢闪闪烁烁、璀璨的灯光,喜欢这种恬静简单的生活。

PART 3
紫藤花开

诗情画意

　　我一向喜欢古诗词。大概是在十二三岁的年纪,一日读到宋朝诗人晏殊的名句:"梨花院落溶溶月,柳絮池塘淡淡风",瞬间就被这句词所痴迷。此句对仗工整,意境优美。细细吟诵,反复玩味,自觉其味无穷。恰是少女情怀,伤春悲秋,淡淡的忧伤,浅浅的感悟迷惘,对美好事物的向往和憧憬。古雅诗词的内涵,正契合了自己的心境。对诗词的喜爱,就由始至终了。

　　中国是一个历史底蕴深厚的国家,纵观中国五千年的历史,从远古的诗经到繁荣时期的唐诗宋词。再到元曲,再到现在的诗歌,洋洋洒洒经过几千年的发展,优美的诗歌篇章恰如浩瀚的星河。婉约派的,豪放派的,风格迥然,百家争鸣,如异彩纷呈,繁荣兴盛,灿烂如霓虹。无论朝代如何变迁更迭。岁月如何沧桑。无论是战争还是和平,无论是远古还是现在。人类对美好的大自然的歌咏,对自身的精神和理想的追求,对纯洁爱情的向往,人之生活的本真,人性之美好的讴歌。状物咏志,修身养性,美好情操的追求,从来都是永不止步,永不停歇。

　　仅仅是一些诗词的词牌名,就莫名地让人欢喜。比如西江月、忆江南、一剪梅、二色莲、三株媚、小庭花、西梦令、花间意、步步娇、采莲子、相见欢、虞美人、双飞燕等,一千多种词牌名,让人道来不一而足。

　　年少时喜爱一些风花雪月,浅显易懂,意境隽永,像淡雅宜人的中国水墨画的词句。比如,落花人独立,微雨燕双飞。云破月来花弄影。多么美好迷人的一刹那！破和弄两个字,就让这句词情韵美丽得非凡,简直要摇曳生姿了。这是动与静完美的组合,水乳交融,浑然一体。厚重的深蓝色铅云弥漫天幕,初月破云而出了,朦胧的花影在清淡的月光下袅娜。好喜欢这样有情调的诗词,还有春江潮水连海平,海上明月共潮生。春水碧如天,画舫听雨眠。无可奈何花落去,似曾相识燕归来。绿杨烟外晓寒轻,红杏枝头春意闹。娉娉袅袅十三余,豆蔻梢头二月初。玉容寂寞泪阑干,梨花一枝春带雨,等等。

青葱岁月,渴望憧憬美好的爱情。就喜欢一些关于爱情缠绵悱恻,欲语还休,如泣如诉,情意绵绵,柔情似水的诗句。什么窈窕淑女,君子好逑。月上柳梢头,人约黄昏后。风月无情人暗换,旧游如梦空肠断。两情若是久长时,又岂在朝朝暮暮。金风玉露一相逢,便胜却人间无数。衣带渐宽终不悔,为伊消得人憔悴。人到情多情转薄,而今真个悔多情,又到断肠回首处,泪偷零。剪不断,理还乱。才下眉头,却上心头。鸳鸯织就欲双飞,可怜未老头先白,春波碧草,晓寒深处,相对浴红衣。天不老,情难绝,心似双丝网,中有千千结。

也许是性别使然,也许骨子里有浪漫主义的情怀。一直很喜欢婉约派诗人的词句。尤其喜欢李清照、柳永、李煜、晏殊的诗词。婉约派的诗词犹如二胡、洞箫、风笛、萨克斯,所演奏出来的音律,平仄韵律,一唱三叹,轻柔典雅,低回婉转,感情丰沛,扣人心弦。比如帘卷西风,人比黄花瘦。梧桐更兼细雨,到黄昏,点点滴滴,这次第,怎一个愁字了得？多情自古伤离别,更那堪冷落清秋节,今宵酒醒何处？杨柳岸晓风残月。别时容易见时难,流水落花春去也,天上人间。满目河山空念远,落花风雨更伤春,不如怜取眼前人。

浮生只恨欢愉少,肯爱千金轻一笑。人生不如意事十之八九。心情低落烦恼,自怨自怜的时候,就会喜欢一些低沉哀婉的诗词。抽刀断水水更流,举杯消愁愁更愁。酒如愁肠,化作相思泪。如人饮冰,冷暖自知。问君能有几多愁,恰似一江春水向东流。

有时也喜欢一些惜时瞬间就能与之共鸣的诗词。红颜弹指老,刹那芳华,最是人间留不住,朱颜辞镜花辞树。花开堪折直须折,莫待无花空折枝。临晚境,伤流景,往事后期空记省。美人自古如名将,不许人间见白头。一寸光阴一寸金,千金难买寸光阴。

可怜无定河边骨,犹是春闺梦里人。读到此诗句,一种难言的凄怆涌上心头。天上人间的别离,春闺梦中朝思暮想的人啊!日夜盼望的人啊!永永远远也回不来了。一曲英雄的悲歌,让人不禁潸然泪下,唏嘘感叹。

在路上

远方独特美丽的风景,总是或明或暗在梦境与现实中招摇,或听朋友力荐某个地方值得一去,如此云云。逢休假之时,去远方旅行,这种想法就更为迫切。

火车可以载你由一个地方通往另一个地方。既是你的起点,又是他人的终点。有出发时的兴奋和轻松,也有归家时的安宁和舒坦。

候车室这里人头攒动,你来我往,嘈杂喧嚣。有探索警惕的眸子,素不相识,互相戒备。他们衣着整洁有品位,言语温和低沉,举止之间淡定从容。也有沧桑疲惫的面孔,他们没有精致的皮包和旅行袋,用尼龙绳系的化肥袋子横七竖八地躺在座椅上,或者地上。他们往往拖儿带女。他们有着黝黑的皮肤,迷茫卑微的眼神。他们或许举家出去打工,抑或是返乡,有过艰辛生活的经历。也有显眼靓丽的都市女孩,她们服饰个性光鲜,松绿的眼影,淡粉色的唇彩。她们大都神情冷漠慵懒,若无其事,有着艳丽青春勃发的神采。她们耳朵塞着耳机,嘴巴里嚼着口香糖。她们是开在尘埃里的花朵,是目光聚焦的地方。

有些人好像似曾相识,苦苦思索良久,始终想不起在何处见过。他是谁? 是前世认识? 只是觉得如此熟悉。其实又有什么关系呢? 偶然相遇,短暂邂逅,也许以后永远也不会再见面。即使相逢的一刹那突起的情缘,电光石火般相遇,彼此眼神交汇时的光芒,那种温情能准确地解读。还未开始又将离别,有些人只能是生命中的过客。

站台上,一对恋人依依惜别。在上车时,男孩大胆地吻了一下女孩的脸。女孩泪光晶莹的脸总是在我眼前闪烁。似曾相识的场景,岁月停留在某个时段。一个男孩忧伤地唱着《花祭》:你是不是不愿意留下来陪我,你是不是春天一过就要走开……花开的时候,就这样悄悄地离开我。男孩一遍又一遍地唱着,声音低沉近乎哽咽,如泣如诉。女孩放开男孩的手,毅然决然地坐上火车,踏上回家的旅程。从此两人天涯海角,音信全无。年轻时我们不懂爱情,不懂得珍惜。现在想起年少时的过往,泪水滑过脸颊,物是人非,让人喟然长叹唏嘘不已。有些情感是时间无法替代的,永远珍藏在心中某个柔软的角落。

火车上最好的时光应该是上午,窗外有和煦充裕的阳光,辽阔的田野,蜿蜒的河流。生机盎然绿色的农作物呈现在眼前。耳边有柔美舒缓的音乐。那一刻,让人感动得无法言语。

有时火车停留在某个不知名的地方,寂寞如影随形,或坐或卧,都让人无所适从。有对面呼啸而过的另一辆火车,我们互相张望着,你是谁? 神秘地,一闪而过,出现过,然后消逝了,并不留痕迹。

夜深的时候,疾驶着的火车偶尔擦着轨道发出刺耳的声音,让人惊醒。车厢内安谧而祥和,窗外是黑漆漆的天。偶尔有璀璨的霓虹光影闪过,瞬间的魅惑,如此美丽,让人轻叹。

终点站到了,随着稀疏的人群走出车站,下一个行程才刚刚开始。虽是

PART 3

紫藤花开

终点,于我却是起点。站在陌生的城市街头,有片刻的恍惚与迷茫。人生一次次的奔波劳碌,为了抵达某个地方,或是完成心中的梦想,或是追求更好的生活,我们其实一直行走在路上。

三峡人家的民俗文化

三峡人家位于长江南岸石牌,据说三峡人家是长江三峡最美的风光。那天,一阵霏霏细雨过后,天气始终阴霾,灰蒙蒙的天色久不见开,这天气倒是最适合户外行走。

坐在船上,峡江两岸黛山如墨,群山险峻。山脊上飘忽着轻盈迷蒙的薄雾,若隐若现,与天空接壤,让人分不清是云还是雾。山体裸露着灰白色被时光风化的岩石,缓缓流动的江水,远处看似静止的船只,看它渐渐消失在群山万壑之中。此时峡江风光的基调是淡雅肃穆的,冷色调在这里是如此的和谐,给人一种苍凉含蓄的美。

三峡人家的江水旁停泊着几只古朴的帆船。每当到三峡人家的游客上下船时,几个渔民扮作纤夫,他们摇桨的摇桨,撑篙的撑篙,掌舵的掌舵,几个纤夫踩在嶙峋的岩石上,作势拉着纤绳,嘿哟,嘿哟,他们喊起了长江号子。记得在一本书上看过,说长江号子是长江文化的活化石,是巴渝风情的见证,让人想起长江厚重的历史。在湍急的河流中,纤夫们赤着脚,裸着背,拉着纤绳,艰难地爬过峥嵘的岩石前进。粗犷劳作的长江号子,就是他们的力量,就是他们与自然拼搏的大无畏精神。虽然此时他们是在作秀,只是表现长江纤夫劳动的场景,却也引人遐思,动人心弦。

三峡人家是一条蜿蜒的峡谷。峡谷边杂树荫翳,郁郁葱葱。重重叠叠的树映,倒映在幽深的湖水中,湖水显得绿茵茵的。在这个湖的上游也有一个幽深的湖,同是一条小溪流过,沉淀的湖,也还是杂树环绕的湖,匝地的绿荫。而这个湖水的颜色却截然不同,是透明晶莹的湖蓝,这种动态的湖蓝色,是非常美丽醉人,让人心情愉悦的色彩,以为是天上的瑶池。湖畔有几丛旁逸斜出,苍翠婆娑的竹影,风景竟然十分的幽美。

湖蓝色的湖水上停泊着几只拙朴的乌篷船,一个身穿红色民族服装,撑着一把红色花纸伞的女孩子,悠然坐在船头唱着山歌。歌声稍罢,她微笑着挥手和游客致意,姿态雍容华美俏丽,如同一朵水中盛开的莲花。一个身穿杏黄色民族服装的壮汉,站在木筏上奏着优美的笛音。湖上还有几只捕鱼的船只,几只鸬鹚悠闲地立在船头。这里真实地再现渔家儿女的生活场景。我曾经见过真正生活在长江的渔民。薄暮时分,一对渔家夫妻开着小小的木船,在湍急的江水中撒渔网,他们风里来浪里去,生活在颠沛流离、惊涛拍岸的长江中讨生活,真是无比的艰辛。

源自山泉水的龙进溪淙淙地流淌,溪边的水草丰美鲜嫩,泉水清澈无比,水里的小虾、鱼类、螃蟹清晰可见。几只鹅淡定自若地划着清波。溪口一座古朴的小桥,掩映在青山绿水之中,青瓦长廊,古色古香,桥下碧水沉沉,岑寂深邃。水车在溪水的力量冲击下,缓缓地转动,仿佛一刻也不停歇,不知今夕何夕。原始的,古典的,永恒的,这一刻恍若天长地久,好像我站在南宋时期。

走到小溪的上游,远远便见一条白色的银练当空而舞,知道这就是山峡瀑布了。山峡瀑布也是飞珠溅玉,也是飞流直下,总觉得它的气势远远不及黄河壶口瀑布磅礴。如果把黄河壶口瀑布,比喻为一个性格急躁桀骜的男子,那么山峡瀑布就是一个性格温婉的小家碧玉。小家碧玉也有小家碧玉的韵味。舒缓,明丽,清凉,美得可心可意,让人心清神爽。

一排吊脚楼临水而建。导游告诉我们,这里将有节目表演,是表演土家族人的婚嫁习俗。吊脚楼上披红挂彩,大红色的喜字喜庆祥瑞,几串玉米悬挂在吊脚楼上,喻示着丰收的喜悦,这是土家族人的生活习惯。一阵欢快的锣鼓声响起,几个身穿红色民族服装的女孩子,鱼贯而出,咿咿呀呀唱起了哭歌。新婚的哭歌,是新娘子在临上花轿之时,复杂心情的写照。既有对未来生活的憧憬,也有对到夫家生活的彷徨,陌生的环境,陌生的婆媳关系,也有对娘家人的依依不舍之情,更多的则是体现幸福,自己能在花样年华中,嫁给了自己中意的郎君。结婚那天,是新娘子人生中最幸福的一天,她被巨大的幸福感所充溢,也有淡淡的感伤,各种心情糅合在一起,似在天上人间,激动难安,心情久久难以平复。

自古以来,婚姻总是遵从"父母之命,媒妁之言"。现在父母之命在婚姻大事中,比重和影响是越来越少了,倒是媒妁之言一直延续至今。尤其在农村,相互钟情的男女,男方总是要请当地的媒婆到女方家去提亲。然后双方父母和媒人一起商定新人订婚的日期。这样的婚姻总是显得慎重,好像才能得到众人的祝福。

送亲和接亲的习俗,也一直延续至今,不分城里还是农村。在三峡第一媒婆的带领下,我们加入送亲的队伍中。这勾起了我一些关于童年的甜蜜回忆。记得小时候,每逢喜事,新娘子被接到男方家,新娘子娇羞可人地端

坐在新房里,我们一些小孩子就去她面前喊她长辈,她都会按习俗,递给我们每个人一个红包。红包里大概是一毛钱或者是二毛钱之类。后来这钱的用途倒是忘记了,可是那份喜悦和兴奋却令人难以忘怀。

看过很多风景区,只是觉得三峡人家与众不同,它将美丽的自然风光和风情的民俗文化二者结合在一起,形成了一种独特的魅力,让人在欣赏美丽自然风光的同时,也能感受土家族的民俗文化。

未央花

　　一直很喜欢未央这个词。每次看到未央花、未央宫、欢未央、夜未央之类带着未央的词汇,我就莫名地喜欢。总是认为这个词有千种风情惆怅,万种委婉缠绵在其中。

　　曾经在网上看到,现在流行什么半饱和主义。我觉得未央花比较与半饱和主义相吻合。未央,就是未尽的意思。未央花就是花开了,还没到完全绽放的状态。花完全怒放了,虽然艳丽非常,却有颓败的趋势。水满了则溢,月圆了则亏。人生凡事都圆满了,又还有什么意义呢? 运筹帷幄,心机用尽,高处不胜寒。为达到人生顶峰而打拼,刀光剑影,如履薄冰。成功的路上荆棘丛丛,到处布满陷阱和诱惑。要历经多少艰难,需要多少坚韧的毅力,要历经多少坎坷,究竟要付出多少年的努力,还要付出多少心血与心智,才能达到所谓的圆满与成功。看来圆满都是非常人所能及。未央花就是一种非常良好的状态,可以收放自如,进退有序,淡然从容。

　　最早知道未央这个词,是黄舒俊的《未央歌》,听到这首歌曲,我简直一度为之痴迷。它瞬间就打动我内心,与之共鸣。这想,这就是经典歌曲的魅力所在。《未央歌》曲调低沉伤感优美,婉转缠绵悱恻,扣人心弦。歌词哀伤凄迷,余味无穷。那淡淡的哀愁啊! 有裂帛般让人心碎,一次又一次叩击着我心灵深处。让我沉浸在悠远哀伤的情绪中,有感动,有淡淡美丽的回忆,也有对逝去的青春和爱情怅然若失。

PART 3
紫藤花开

我想起从前的一切，

为何现在同样的诗篇，

已无法触动我的心弦，

也许那些永恒的女子，

永远不会出现在我面前……

你知道你在寻找你的蔺燕梅，

你知道你在寻找你的童孝贤，

你知道你在寻找一种永远。逝去的岁月和爱情就是永远，蔺燕梅不是当初的蔺燕梅，童孝贤也不是当初的童孝贤，你不是当初的你，我亦不是当初的我，多少悲伤在其中啊！风月无情人暗换，旧游如梦空肠断。如花美眷，似水流年，都付于断垣残壁。未了的情，未了的心事都成了绝唱，一腔痴情都湮灭在滚滚岁月的洪流中。

从古至今，最美好的，最让世人感动的传奇爱情，都是一些未了未尽的爱情。要不就是劳燕分飞，要不有情人天各一方，都是有情人因各种际遇最终并未成眷属。正因为有情人未能花好月圆，未能白头到老，才有了凄美，才让人唏嘘感叹。梁山伯与祝英台阴阳相隔，双双化蝶的凄美爱情，正因为情未了，才让人感伤，才让人荡气回肠。林徽因与金岳霖爱情长跑传奇，说明了爱一个人，真的能爱她一辈子，哪怕她已嫁作他人妇，哪怕天荒地老，在这个世界上，林徽因就是金岳霖的唯一，不求回报，无怨无悔。金岳霖一生形影孤单，孑然一身，只为全心全意默默去守护林徽因。她，就是他的世界。多么执着的爱情啊！

遇见你，我变得很低很低，一直低到尘埃里去，但我的心是欢喜的，并且在那里开出一朵花。张爱玲遇见胡兰成，说自己是低到尘埃开放的花朵。胡兰成遇见张爱玲说，现世安稳，岁月静好。两人是金风玉露一相逢，便胜人间无数。可是婚后，伟大的爱情，传奇的爱情，都随风而逝。

喜欢未央花，还因为未央花有一些小资情调在里面。作为女人，小资情调就是开放在平庸岁月中，一朵迷离的花朵。和几个女性朋友在茶厅喝茶聊天，穿时尚飘逸的衣料，打扮光鲜美丽。喜欢轻歌曼舞的生活，喜欢独自徜徉在清幽的山林中，喜欢在平常生活中追求浪漫和情调。

中西饮食文化的PK

我曾经有一度很不习惯西方的自助餐，甚至有抵制的情绪。就好像当初过圣诞节，总认为圣诞节是外国人的节日，好像和我们并没有什么关联，很漠然，无动于衷。后来，圣诞老人，圣诞树，《铃儿响叮铛》，一些与圣诞有关的西方文化铺天盖地地涌入。商家也顺应潮流，在圣诞节那天大做文章，折扣几乎是全年最低，全城几乎是倾城而动，商场到处是攒动的人群。现在不仅仅是年轻人喜欢过平安夜，几乎男女老少都知道有这个圣诞节了。

自助餐厅里，糕点、海鲜、水果、各种汤、凉菜，各种蒸炖炸炒的菜肴，丰富多彩。各种风味，香辣酸甜清淡，应有尽有，你总会找到几款适合自己口味的菜肴。现在，我倒是越来越喜欢自助餐——这种西方的时尚饮食文化。自助餐厅里随意自由的环境，和谐优雅的气氛，舒缓典雅的音乐，温馨高雅的情调，让人格外舒适。就餐的人都是衣饰整洁，女子衣香鬓影，男子鲜衣怒马。彼此之间彬彬有礼，温文尔雅，或者相逢一笑，或者不需要理会任何人。这里没有大声喧嚣，安静平和。这里就餐目的很单纯，就是就餐，简洁快捷享用美食，倒彰显了人之初单纯的食欲。这也暗合了西方人崇尚个性自由,自我尊重,以人为本的文化。

这次我有幸参加了一个公司的年宴,偌大的餐厅摆满了几十桌酒席。餐厅里布置得金碧辉煌,到处是鲜花。餐具高档精致。先是公司领导致辞。然后服务员按中国的饮食传统,上精致的凉菜拼盘,然后是汤和火锅,最后才是色香味美俱全的热菜系列,十人一桌团团圆圆。等公司领导敬完酒后,十个人一桌的酒席上只有我一个人还在大快朵颐。其他的人都敬酒去了,敬领导,敬朋友,敬同事,整个宴席大厅的人都忙碌得不亦乐乎。席间都是川流不息的人,他们面对美食,根本没工夫闲下来痛快淋漓地吃顿饭。一个人坐在席上,总是感觉难堪,后来我也落荒而逃。回到房间,想念宴席上的美味佳肴,更觉饥肠辘辘,只好胡乱找些水果充饥。

纵观中国几千年的饮食文化。酒总是与中国饮食文化有着不解之缘。酒文化就是一首韵味无穷的小令,绵延传承,丰富多彩。贵妃醉酒,杨玉环美人不仅嗜酒,而且聪明地知道,酒能让她这个倾国倾城的绝代佳人容颜更加美艳不可方物。她一直香艳了千年。号称"酒仙"的李白大才子:举杯邀明月,对影成三人,也是醉眼迷离了千年。对酒当歌,人生几何—— 一代枭雄曹操,也是酒,也只有酒,才暂且让他放下满怀的英雄意气,酒醉心灵,他才回归人的真性情,有片刻的惆怅和伤感,感叹人生的短暂。

酒文化在我们中国已经翩跹了几千年,现在是无酒不成席,酒本来是席间的重头戏和灵魂,酒也是席间的润滑剂。喝酒助兴,本来是一件蛮美妙的事情,现在酒席上的闹酒却令人相当反感,要把对方喝倒方才尽兴。酒席上是十面埋伏,百般手段用尽,最后总有人虎落平阳,醉得一塌糊涂。

有次夜晚,我微恙去医院输液。一个护士嘀咕道:今天奇怪了,竟然没有一个醉汉来输液。话音未落,只见两个男人搀扶着一个走路东倒西歪的男人进门。一阵酒气格外刺鼻,醉汉口口声声喊:我要回家,我要回家。旁边男人道,这就是你的家。男人说,这不是我的家,我要回家。令人不禁莞尔。后来护士告诉我,每晚总有一两个醉汉被送到医院输液醒酒。喝酒喝到醉倒就几乎没什么意思了。吃饭就成了让人难受的苦差事。

每每新桃换旧符，新春佳节团年时，中国几千年的饮食文化便应用到了极致。满席的美味佳肴，一家人团圆欢聚，举杯同庆，先敬长辈的酒，然后亲人相互之间说一些祝福的话。各尽所需，其乐融融，气氛温馨美好。在乡下，大年团圆宴上的鱼，便寓意是年年有余，岁岁平安。

樱花呀樱花

爱人所在的工厂有十几株樱花。每逢樱花盛开的时节，十几株樱花总是相约同时开放。淡粉淡粉满树的花朵，繁茂，绚丽多姿。使原本钢筋水泥般的工厂，平添了几分温情，给疲乏的工人带来几分暖意。

有很多慕名而来赏花的人。或拍照，或观赏。他们的眼中流露出清澈或者欢愉。生活原本是平凡碌碌疲惫的。樱花，这抹亮色，让他们放松宁静。

后来搬家到一个小区，令我欣喜的是，这里也有十几株樱花。这里的樱花是另外一个品种，重瓣的白樱花，像雪莲花似的洁白无瑕。盛开的时候，那真是美丽灿烂呀！无数的花朵重重叠叠的，密密匝匝的，挤挤挨挨的，簇拥在树枝上，像天空落下一场盛大的雪花。是有香味儿的雪花，有一种淡淡的清香，沁人心脾。站在花树下，我简直要陶醉了。这么美丽的花朵，好像为我而开放。我给它取名叫香雪海。

我日日去看它，害怕它很快就会凋谢。我知道樱花花期很短，也就是一个星期而已。樱花是在一个晴朗的日子，无声无息地飘落，那日阳光明媚，无风也无雨。说不清什么原因，一团一团白色的樱花就那么扑簌簌地往下

PART 3

紫藤花开

落。简直是迫不及待，它们是那么悲壮，无牵无挂，缤纷呀，坠落呀，瞬间樱花树下就是落英一片。让人猝不及防。

此情此景让人想起：花自飘零水自流的诗句。花开花落，一切都是命中注定。宿命的东西，无法抗拒，心中就有洞悉人生的惆怅。好花易逝，快乐幸福都是稍纵即逝，一切美好的事物总是来去短暂。不经意间，揽镜自怜，红颜不知何时已添了沧桑。想起那个玉质惠心的女子黛玉，"花谢花飞花满天，红消香断有谁怜"，仿佛不食人间烟火，却陷落在红尘俗泥中，寄人篱下，楚楚可怜，难言无边无际蚀骨的悲伤。

几天以后，樱花已经被环卫工人扫去了。一场华丽的花事盛宴就此落幕。只有一些细嫩的叶子破芽而出。夏天的时候，也忍不住看看那株樱花。此时樱花树已经枝繁叶茂。如果不是见过它曾经花开灿烂，笑在春风里，它肯定不会吸引我的目光，就是一棵很平常的树嘛。冬天的时候它的叶子早在瑟瑟寒风中落尽，只剩下单薄褐色的树干，很是落寞凄凉。早春的时候，不知何时樱花树上已经有很多花蕾萌芽。自此我的心就充满了期待。怀着激动期盼的心情，日日等待着一树花开。

去年春天，慕名前往武汉大学去赏樱花。去的时候，天色已晚，夕阳已经收起了最后一缕余晖。武大的樱花全都是粉白粉白的，一树一树开得素雅灿烂，粉白的樱花清丽淡雅，在薄暮时分，那一团团粉白色的彤云，格外显得风姿绰约。在秀丽的樱花掩映下，武大庄严肃穆的百年欧式建筑，更加显得雄伟磅礴。

曾经在一本书上得知樱花的花语就是：生命，幸福，一生一世永不放弃，命运的法则就是循环。樱花象征着爱情和希望。樱花是经过长久的沉寂和积蓄，开时灿烂浓烈，只为昙花一现，刹那间的芳华。樱花谢时，充满勇气，决然果断，绝不拖泥带水，没有一丝枯萎颓败之意。樱花是以完美的姿态呈现，这就是樱花的孤傲品格。

哦，女孩

女孩住在我的楼上，小时候特别讨人喜欢，每次遇见她，就好像看到春天一样，她笑容甜甜的，嘴巴也是甜甜的，特别乖巧，老远看到你就笑了，喊你阿姨。

女孩的母亲是一个淑雅贤惠的女人。每次看到她下班后提着菜，遇见邻居话语不多，很多时候都是朝你温柔一笑，然后匆促地往家赶，急忙给女儿做饭。

女孩的母亲非常爱花，隔一段时间，就见她捧着一大束白色的香水百合，她说她喜欢家里充满百合的花香。她走过后，楼道里有隐约清馨的百合花香，浪漫温馨，让人心情舒畅。

我晚上有时喜欢散步，经常遇见女孩的母亲，在学校门口接女孩下晚自习。还有女孩同学的母亲，两个女人轻言细语地谈论着红尘里的俗事，等待着女儿放学。

不知是哪一天，大概是女孩上高二年级的时候，有天爱人下班回家告诉我，说女孩的母亲得重病了，已经到北京去做详细的检查。之后就有大半年的光阴没有看见女孩的母亲。也很少见到女孩，听说是住校了。

女孩的父亲把精力都用在工作和娱乐上了，对家庭琐事，一无所知。妻子病重，突如其来的灾难，一下子把他打蒙了，不知所措。那段时间，看见他郁郁寡欢，仿佛苍老了十年。

女孩的母亲很快就故去了。她是那样的年轻,才走过了三十九个年头,楼道里再也见不到那个手捧鲜花的女人了。母亲的离世对女孩打击太大了。女孩脸上再也没有了笑靥,见到邻居也低着头匆匆而过,像受惊的小鸟。看见她忧伤恓惶我见犹怜的模样,心中非常怜惜,想安慰她,可是觉得任何言语都显得特别苍白。上天已经拿走了她最大的幸福。在她青春期锦绣一样的年华,她永远失去了细心呵护她的人。她永远失去了,那像大海一样深沉的母爱。她的悲伤啊,像天空一样无边无际的悲伤啊!笼罩着她稚嫩的心。

朋友的儿子和女孩是同学。他们都是学业优秀的孩子,在重点中学尖子班。他说,自从女孩的母亲病重后,女孩的成绩就一落千丈,好像她的母亲带走了她所有的聪慧,人变得呆滞了。男孩轻描淡写地说着,于我却是心惊,女孩还沉溺在失去母亲的悲伤中,有什么办法才能帮助她啊。

女孩还是考上了大学。她上学后不到一年,女孩的父亲就又结婚了,他又买了新房,新家,新人,过去的一切就翻过去了,他又将开始崭新的生活。放暑假的时候,在路上,遇见女孩和他的父亲,她的父亲已经忘记了悲伤,意气风发,喜气洋洋。女孩看见我,还是落寞不语,眼中盛满忧伤。这个世界,只有她才深刻体会到了母爱是多么的珍贵。

哦,女孩,但愿你能尽快忘记悲伤,快乐起来。买一束香水百合吧,那是你母亲最喜欢的鲜花。

紫玉

　　明朝末年,奸臣当道。兵部侍郎杨文剑因秉性耿直,刚正不阿,得罪了工部尚书左传。左传工于心计,为人阴险心狠手辣,他是一个顺我者昌,逆我者亡的人。他暗中串通门生故旧,罗列了杨文剑十大叛国罪状,其中很多罪状是栽赃陷害。

　　皇帝昏庸无道,听信小人谗言,没有明辨是非的能力,将杨文剑一家老小,八十五口人问斩。在菜市口行刑那天,哭声震天,怨声载道。行刑时,一时间飞沙走石,百姓慌乱拥挤,场面混乱。之后,雨过天晴,执行官才发现了少了一个五岁女孩,据说是杨文剑最小的一个女儿。

　　原来是越女派传人妙清师太路过此地,路见不平,拔刀相助,她只身一人,神不知鬼不觉地救走了女孩。在楚云阁里,妙清师太给女孩取名叫紫玉。师徒两人相依为命,情义甚笃。妙清师太悉心传授紫玉越女剑法和琴棋书画。

　　楚云阁里的杏花花开花落十载,当年的女孩紫玉,不谙世事懵懂,现在清丽脱俗,气质优雅。在杏花树下,师徒两人坐在竹椅上,妙清师太给紫玉讲了一个故事,也就是紫玉的身世,也就是紫玉家的血海深仇。紫玉听完,泪雨滂沱,这是她第一次为她的亲人们流的泪。妙清师太说,现在你的武功剑法已经学成,是时候去报仇了。她还说,你的仇人左传后来不知什么原因,竟然辞官隐居,这些年我明察暗访,已知他落脚在南京红粉之乡。他家里有五房姨太太。十一个女儿,生过几个儿子,不知什么原因,只有两个儿子养大成人,大儿子左堂是他原配夫人陈氏所生,聪明尔雅,左传把他当作掌上明珠,格外宠爱。

妙清师太扮作病入膏肓的老妇,将紫玉卖到媚香楼。一日,紫玉在秦淮河上的画舫,为客人弹奏江南小曲《采莲曲》。秦淮河上富贾云集,画舫凌波。少年公子左堂和几个秀才好友画舫游湖。听见清雅的小曲《采莲曲》,忍不住向紫玉张望。只见此女温婉如玉,丽质天生,左堂一下子暗生情愫。紫玉的画舫渐渐地远了,左堂还没回过神来。

左堂从此以后就在媚香楼流连忘返。一日他回家说要成亲,要和紫玉成亲。左传气急败坏,将不肖子左堂赶出家门,断绝父子关系。陈氏家境殷实,爱子心切,她暗中将重金送给儿子。左堂从媚香楼赎出紫玉,置办宅院,当晚和紫玉成亲。

没过多久,左传的小儿子不幸溺水身亡。左传老年丧子,痛不欲生,之后,他大病一场,虚弱不堪。

成亲不久,紫玉发现自己不幸怀孕。这可是仇人的子孙,这让她痛苦不堪,她要复仇,她要复仇。可是左堂对她精心照顾,知她郁郁寡欢,暗中命人从南海买来一串紫色宝玉。他说,人间只有紫玉才配得上戴紫色宝玉。紫玉何尝不知道左堂是真心喜欢她。可是杨家八十四口人的血海深仇啊,紫玉无论如何想忘也忘不掉,她经常在噩梦中惊醒。自从她师傅妙清师太告诉了她的身世,上天就注定不会让她过平常的日子。

紫玉在杏花飘香的时候,生下了儿子清远,陈氏也不管礼仪长幼有序,跑来看望孙子。她对左堂说,你们在清远满月的时候,就搬回左家大院吧。

清远满月的前几天,左传命候管家将左堂紫玉接回家,在某一天,左家就发生了莫名的食物中毒,只有左堂左传幸免于难。紫玉执剑指向左传,今天是要你血债血偿的时候了。她用剑刺向左传的时候,冷不防左堂冲过去,替父亲左传挡了一剑,左堂说,紫玉,求你饶过我的父亲。紫玉说,我们家的血海深仇呢? 今天无论如何,我要报仇。左堂临终之时,怨恨地对紫玉说,你是一个狠毒的女人，来世我不会放过你。紫玉的身体颤抖了一下，心中一凛，用剑刺中左传后，她说，师傅，我终于报了仇。

紫玉抱着儿子清远回到楚云阁，她时时想起左堂临终怨恨的眼神，紫玉，你是一个狠毒的女人，来世我不会放过你。想起左家无辜的人，她暗中喝下砒霜，把儿子清远托付给妙清师太。黑色的血从她嘴角流出，妙清知紫玉已经毒发，无可救药。妙清师太哭着说，紫玉，你这是何苦呢？紫玉说，左堂说我是一个狠毒的女人，师父，我愿意用我的命来惩罚我的所作所为。妙清说，如果当初我不告诉你身世，你就会快乐平安地生活在这个世界上，我真是悔不当初，等清远长大了，我绝不会告诉他自己的身世，我要他快乐平安地生活在这个世界上。

朋友

清水地税分局的王局长是个网球迷，也是清水市网球协会的副会长。他经常吹嘘，他的网球技术是打遍清水市无敌手。但是这话，有个人不怎么服气，他就是大明集团的财务老总宋明，每次在饭局上，王局长得意洋洋地吹嘘，说自己的网球技术如何如何。宋明就露出一副意味深长的神情。王局长就有点来气，小宋子，看你的样子，就知你小子特不服气，怎么着？星期六，咱哥俩再战它五百回，如何？宋明说，战就战，谁怕谁。

两人经常约在一起打网球。而且是棋逢对手，旗鼓相当，经常胜负难解。不打不成交。战来战去的，两人就成了酒肉朋友。网球打完了，两人就互相

PART 3

紫藤花开

请喝酒,然后到 KTV 去吼两嗓子。

大明集团是王局长的管辖范围,他们之间是征纳关系。王局长经常对老宋讲,咱们之间虽然是征纳关系,你集团上交的税,咱也是上交国家,不过,我很感谢你支持我的工作,你集团有什么事,能帮上忙的,吱一声,咱也出出力,互惠互利嘛。

还别说,王局长不久前就帮了大明集团的一个忙。那天,宋明无意中说起曾封集团欠他们五六百万元的货款,都过了三年,大明集团多次派人追讨,曾封集团就是赖着不给钱,这笔账都快成了坏账损失。王局长两眼一亮,曾封集团不就是我大学同学王金的势力管辖范围之内,我帮你们追讨如何?

宋明给他们的一把手孙总说明了一下情况,孙总非常高兴,当即就要宋明赶快去落实此事。宋明第二天就和王局长开车到了曾封集团。曾封集团的财务老总还作东请他们吃中饭,主客当然是与他们同去的王金,席间大家谈笑风生,气氛相当融洽。王金稍稍提了一下货款的事。曾封集团的财务老总,当即要陪酒的会计下午一定办理好这笔货款。

这笔货款很快就到了大明集团的账上。孙总在集团党委会议上表扬了宋明,一分钱的成本都没有花费,钱就到账上,一个企业生存,都要像宋总一样,要多想办法。听到领导表扬,宋明很高兴,觉得王局长这人特够意思。

年底时,王局长的手下在大明集团查账,发现大明集团两年前有一百多万的个人所得税没有交,并不是大明集团有意未交,而是当时的会计少算了。这笔查补的税款让孙总大为光火,企业效益今年本来就不怎么好,他正在为利润而伤脑筋,他还年轻,有进一步升迁的可能,要是报表呈上去了,不好看,上级领导肯定会对他有想法。虽然一百多万对集团来说,是杯水车薪,可是苍蝇蚊子也是肉啊!有总比没有强。他指示宋明一定要想办法,争取把这笔税款延期十几天。

宋明当即给王局长打电话,说明了情况,希望这笔税款能延期缴纳。他要王局长一定要帮这个忙。过十几天就是明年的事了。延期也行,你办个延期手续。王局长爽快地答应了。宋明没想到这事这么顺利就解决了,心里很高兴。

第二天,王局长刚到办公室,就接到市局一把手金局长的电话,他要王局长五天之内必须把大明集团一百多万的个人所得税款入库。放下电话,王局长一时怔在那里,怎么办?瞧这事办的?昨天刚刚答应宋明延期缴款的事,这又要五天之内入库,这不是出尔反尔吗?可是上级的指示,他必须无条件地服从。

王局长犹豫了半天,只好硬着头皮又给宋明打电话。措词虽然非常委婉,可是意思很明确,他说,宋兄,对不起啊,真是不好意思,才得到市局一把手金局长的指示,说大明集团必须在五个工作日里,把税款交到税务局,上级的命令,我也没办法。电话挂了,王局长又叫来管户的税征科长,要他给大明集团写个缴纳税款的书面通知。

宋明接到缴纳税款的书面通知后,知道事情已经没有回转的余地。他只好要会计去把这笔税款交了。孙总得知这事后,在电话中气急败坏地训斥了宋明一顿,他认为宋明没有把这个事情处理好。宋明有口莫辩,无端地被上司吼了一顿,心情很郁闷。

之后,王局长几次主动约宋明吃饭,宋明要么说在外地出差,要么说在省城开会。总之是没时间,忙得不亦乐乎。请宋明打网球,宋明也推辞。王局长心知肚明,知道宋明为上次所得税的事,心里不舒服,有疙瘩。

在一个星期五的下午四点半左右,王局长亲自到宋明的办公室。两人胡乱侃了一会。下班的时间就到了,王局长作东,请宋明吃饭。之后,两人又到KTV包厢唱歌。第一首歌曲,是王局长亲自点的周华健的《朋友》,他一手拿着话筒,把另外一只话筒递给宋明,他说,我们两兄弟合唱一曲。音乐响起了,王局长和宋明两人手牵手地唱着:这些年,一个人,风也过,雨也过,有过泪……朋友,不曾孤单过,一声朋友,你会懂,一辈子,一生情……

紫藤花开

>>>>> PART 4

秋天里的华尔兹

清风拂过我的发梢,思绪随风飘扬。想起童年时曾十分敬畏它,现在看来,方方正正的堰塘其实很普通平常。只是略深,唯此而已。为什么村人从前都如此敬畏它?

太子山传奇

咸平一九〇〇年，是宋真宗皇帝赵恒在位第十一年。这年国家风调雨顺，国富民强。可是皇帝赵恒却时常感到身心疲惫。原来后宫倾轧，皇后与几个妃嫔之间的明争暗斗愈演愈烈。

刘皇后是宋真宗的结发妻子，为宋真宗所敬重。她工于心计，为宋真宗能顺利当上皇帝，曾立下汗马功劳。她巧言令色，善于揣摩人心，体贴入微，颇得婆婆王太后的喜欢。刘皇后的大哥刘权战功显赫，被朝廷封为骠骑大将军。二哥刘威，善读诗书，颇工权术，官至右丞相。刘氏一门多为当朝显贵。可是刘皇后命中无子，她在生下三位如花似玉的公主以后，就不见动静了。她暗地里拜托二位哥哥多方遍访名医，收集民间生子偏方，日日求神拜菩萨，希望送子观音能为她送来一位皇子。眼看宫中妃嫔相继生下皇子，皇帝喜不自胜，她表面上强装欢笑，暗地里忧心如焚。

燕妃和姜妃皆出于书香门第，是皇帝比较宠爱的二位嫔妃。燕妃长得如花似玉，肤如凝脂，温凉玉润，龙榻之上，燕妃被宋真宗戏称为花蕊夫人。燕妃善舞通音律，会吟诗作赋，爱好和宋真宗颇为投缘，被宋真宗视为红颜知己。姜妃有闭月羞花之美貌，她善弹古筝，一曲《长相思》，让宋真宗如痴如醉。宋真宗善书画，他尤其喜欢画仕女图。他的画中主角多为燕妃和姜妃。画中燕妃临风而舞，飘逸似仙子。或者是姜妃静坐牡丹花旁，凝神弹筝的美态，娴雅端丽，眉眼很是传神。画中的她们或坐或卧，或凝神远眺，或巧笑倩兮,或俏丽妩媚,真是姿态各异,风情万千。

那年冬天,开封下第一场大雪,纷纷扬扬的大雪接连飘了两天两夜,外面银装素裹,冰天雪地。几位侍卫站在雪地里,缩着脖子。姜妃的未央宫里炭火烧得正旺,温暖如春。姜妃在一天一夜的阵痛中,产下了皇子桀。桀哭声响亮,剑眉大眼,颇有皇子之风范。宋真宗非常高兴,马上晋封姜妃为姜贵妃。

燕妃难掩心中强烈的嫉妒之心,她原准备依仗皇帝的宠爱,再加上哥哥杜石的左丞相之外力,由贵妃到皇后一步一步升迁,母仪天下,这是她心中预谋已久的事,也是她人生奋斗的终极目标。当她得知姜妃已母凭子贵,占得先机,晋封贵妃,愤怒地将一套唐代精美的青花瓷砸在地上。

在浣花宫里,中宫太监管事王连忠屏退了所有的宫女和太监。刘皇后久久地站在姜妃静坐牡丹花旁弹筝的那幅画前。良久,她幽幽地说了句:牡丹花好啊,国色天香。王连忠看到刘皇后的神色有异,他慌忙地匍匐在地上叩拜说,凭她也配牡丹花,您高贵典雅,才是真正的国色天香,母仪天下。刘皇后沉默了良久,慢悠悠地说道:说得再好听也没用,我要的是会办事的人。王连忠心领神会道,小人一定尽心尽力去办,保证让娘娘满意。

五月十五日,是宋真宗生日。皇宫里到处喜气洋洋。晚上夜宴。妃嫔们纷纷奉上自己精心准备的贺礼。苏绣的内衣,湘绣的布鞋,等等。兰嫔送上自己的柳体书法,宋真宗赞叹不已道:兰嫔的书法很有柳氏的风骨,笔力体势劲媚,骨力道健。众妃嫔内心很是嫉妒。兰嫔脸上难掩得意之色。宴会最高潮,是燕妃领衔为皇帝舞上一曲《霓裳羽衣曲》。只见仙竹声中,燕妃着粉红色纱裙在一帮绿衣舞女中间如浮云飘起,似仙女在云朵中移动。宋真宗甚为高兴,吟道:飘然转旋回雪轻,嫣然纵送游龙惊,甚美,甚美。

在皇宫花园假山僻静处,一个黑影趁着夜色迷蒙,怀揣着一件物什,鬼头鬼脑地看左右无人,想潜进假山内。只见中宫太监管事王连忠像铁塔似地立在洞口,嘿嘿冷笑:汪直,你不去陪你家姜贵妃,却在这儿撒野,对了,你好像有了几个月的身孕,要不要我喊人帮忙。汪直心惊胆战跪在地上:我是初犯,想盗点宫中物品,换点钱用,还望王大哥饶命。王连忠说:是不是初犯我不知道,我只知道胡同口十六号。汪直心机灵敏,眼看事情败露,自己上刀山下火海也不会害怕,可是要连累瞎母和幼弟,这是他心最不愿意的地方。他说,王大哥饶命,你且饶过小弟这一回,以后有用得着小弟的地方,只管吩咐就是。

原来三个月前,王连忠一直为如何除掉皇子桀而烦恼,他担心时间拖太长,皇后对他失去耐心,自己什么前途都没有了。太监总管一职是他梦寐以求的,皇后许诺过他,只是要他等待时机。他偶然一次在宫外为刘皇后采购物品,看到姜贵妃宫里的太监管事汪直偷窃皇宫珠宝换取银两。几个月来,他暗中跟踪汪直,才发现胡同口十六号住着汪直的瞎母和他十一岁的幼弟。原来汪直是个大孝子,他偷窃皇宫珠宝只是为了贴补家用。

刘皇后思虑了几天,为了能使汪直死心塌地为她办事,她暗中指示大哥刘权派人匿名给汪家送去纹银五十两。汪直回家见瞎母和幼弟已被皇后命人安排妥当,心甚慰。他心性谨慎,怕日后瞎母和幼弟受他株连,他连夜套了马车,将瞎母和幼弟送到云梦老家。

七月七日七夕节,宋真宗带着刘皇后、姜贵妃、燕妃等一大群妃嫔,到华清堂去赏天河,看牛郎织女星。不一会儿,就有姜贵妃宫里的宫女跌跌撞撞地跑来禀报说,桀已经窒息,说不出话了,请皇上和姜贵妃快去看看。宋真宗说,快传太医去。太医细心地察看给桀把脉,最后诚惶诚恐地跪在地上说,臣等无力。宋真宗气急败坏地踢了王太医一脚,没用的东西,还不快滚开。姜贵妃抱着桀的身体,痛哭不已说,桀身体一向都好,肯定是遭奸人所害,望皇上给桀报仇。宋真宗命侍卫将姜贵妃宫里的所有太监和宫女送到慎刑司审问。汪直看了一眼燕妃说,燕妃,小人先去了,你多保重。说完咬牙七窍流血而亡。汪直以前是燕妃宫里的太监,姜贵妃见他为人机灵,就把他从燕妃处要来。场中所有人的目光都盯着燕妃,宋真宗恶狠狠地看着燕妃。姜贵妃哭打着燕妃:你还我儿命来。燕妃不寒而栗,跪倒在地上:皇上,冤枉啊! 不是臣妾,真的不是臣妾。宋真宗说,将燕妃送回漱玉宫,封住宫门,等候发落,没有我的命令,谁也不准接近漱玉宫。

此案汪直一去,就石落大海,成了无头案。燕妃脱不了干系,皇后也有可能。宋真宗觉得宫中每个妃嫔似乎都有可能去害桀,又似乎都不是。每次去看姜贵妃,她都苦苦相逼要宋真宗处决燕妃,为桀儿报仇。且不说燕妃作案证据不足,宋真宗心中也对燕妃余情未了,心中不舍。他只有将燕妃和姜贵妃都冷落。

一日,浣衣的宫女李如花,天真烂漫地追逐一只黄色的漂亮蝴蝶,从后园来到皇帝专用的前花园。这天,宋真宗心情烦闷,他只身带着太监首领陈总管来到前花园散心。他见李氏纯朴可爱,就当即宠幸了李氏。还没等宋真宗给李氏任何名分,第二天太后驾崩。这是国殇。宋真宗伤心忙碌了几日,他已将李氏忘于脑后。在后宫,燕妃重又获得了宋真宗的宠爱,她和皇帝新宠爱的兰嫔还有刘皇后三分秋色。

李氏没有想到皇帝一次宠幸她,竟然会珠胎暗结。她十月怀胎,辛苦生下皇子祯。母以子贵,不久,她在祯满六岁那年,被宋真宗晋升为妃。她出身卑微,被皇帝长期冷落,皇子祯又被刘皇后视为心腹大患,她和皇子祯在宫中处境非常艰难,战战兢兢度日。她宫里的太监胡同和子佐王爷宫里的太监李文是至交好友。胡同向她献计,要她向子佐王爷求救。有一天,她扮成宫女,在太监胡同的掩护下,来到子佐王爷府。她向子佐王爷哭诉,宫里的皇子很难长大成人,请子佐王爷看在祯和他血缘相亲,救救祯。

第二天,子佐王爷进宫。宋真宗采纳了子佐王爷的进言,要李氏和祯回到领地云梦,那里是祯的封地,还说,没有他的命令,李氏和祯不要来晋见他。

李氏和祯带着太监胡同和宫女采兰,乘坐一辆马车,向云梦进发。刘皇后要王连忠带人连夜追赶,务必将李氏母子斩草除根,永绝后患。马蹄声声,尘土飞扬。胡同预感有人来追杀。他带着祯,李氏带着采兰兵分两路逃命。

有太监用毒箭射杀了胡同。王连忠看到祯长得竟然和宋真宗十分神似。他在那一刹那,竟然想到一个绝佳的后路。皇后无子,宫里的皇子都要受到皇后的迫害。他要保护祯,如果有一天祯能够继承皇位,定然不会忘记他今日的救命之恩。王连忠用连环剑接连刺杀了几个毫无防备,目瞪口呆的太监。他一把抱起祯快马加鞭,连夜赶到白龙山里的普云禅寺,将祯交给了住持慧清法师。慧清法师俗家曾是王连忠的大师哥,武艺高强。王连忠递给慧清法师一块晶莹剔透的碧玉,要他一定要好好保护祯,将祯抚养成人。不过他有意隐瞒了祯的身世,只说他是孤儿。

在普云禅寺,慧清法师看到祯骨骼清奇柔韧,认为祯是学武术的料。他亲自教祯武功。夜晚,祯躲在被子中无声地哭泣,他十分想念他的母后李妃,可是他知道不能告诉任何人,怕引来杀身之祸。略为安慰的是,慧清法师待他虽然严厉,有时也如慈父一般嘘寒问暖。

春天,白龙山上野花盛开。一只五彩缤纷的蝴蝶风筝在山上飘啊飘,七岁的祯到底是孩子心性,他跟着蝴蝶飞筝跑啊跑。风渐渐猛烈了一些,风筝挣扎了几下,还是落在地上。祯拾起来,多么漂亮的风筝呀。你为什么要拿我的风筝,快把风筝还给我。一个和他同龄的女孩子凶巴巴地说祯,祯说,还给你就是,这么凶做什么? 后来两个孩子很快玩在一起放风筝。女孩告诉祯,她家就住在白龙山下,她名字叫石蒜。她要祯经常下山去找她玩。后来祯才知道,石蒜是慧清师傅的侄女。石蒜非常喜欢和祯玩耍,她经常给祯带来一些好吃的东西,韭菜饼啊,樱桃啊,李子啊。祯在普云禅寺里度过一段非常快乐平静的时光。

六年之后。自从刘皇后暴病薨逝之后,宋真宗头疾频繁发作。以前是几年发作一次,现在几天就发作一次。他认为自己命已不久矣。他为谁来继承他的皇位而忧心忡忡。本来他十分喜欢兰妃的儿子冲,想立冲为太子。可是两年前一次意外,冲从一匹发飙的马上跌落下来,头脑神经似乎受到损伤,一个十分聪慧的孩子竟然变得呆傻了。还有几个孩子十分柔弱,并且还很幼小,实在让他放心不下。一晚,他做了一个奇怪的梦:在梦中,面色无比安详的观音菩萨,说要带他找到可以继承他皇位的人。他们越过高山峡谷,涉过无数的河流,来到一个叫什么白龙山的地方,山里有一个寺庙,寺庙周围种满了黄色红色的花儿，非常漂亮。观音菩萨指着一个正在练拳的少年，说，他可以继承你的皇位。宋真宗一看，竟然是自己幼时的模样。他一惊，就从梦中惊醒。早朝后，他留下了子佐王爷，将梦中的情景告诉了子佐王爷，他要子佐王爷帮他解梦，是不是神在谕示他什么。太监总管王连忠跪在地上，说，皇上，你梦中的孩子是你的皇子祯。宋真宗说，李氏和祯不是得了瘟疫殁了吗？王连忠说，不是的，当时皇后派人追杀他，他将祯藏在了普云禅寺里。他说，这事，子佐王爷也略知一二。宋真宗要子佐王爷和王连忠速去普云禅寺接回皇子祯。

祯得知自己要离开普云禅寺，回到皇宫，他跑到山下找石蒜告别。那天，石蒜的小姨结婚，她们全家去她外婆家了。祯不知道他们去了哪里，他着急地在石蒜家门前等啊等，后来子佐王爷催他，祯只好眼泪汪汪地跟着子佐王爷回皇宫了。

当十二岁的祯看到宋真宗，非常激动，他哭泣着说，父皇，儿臣十分想念你。宋真宗看到十分神似自己的皇子祯，竟然也激动得热泪盈眶。真是父子同心。在场的人都很感动。第二天，宋真宗立皇子祯为太子。并下旨要德才兼备，处事稳重的尚书李明全，做太子的太子太保。

王连忠要太子祯拜皇后燕娘娘为义母。祯当着燕皇后的面，请求宋真宗说，儿臣非常喜欢燕娘娘，觉得燕娘娘很亲切，想喊燕娘娘为母后。宋真宗非常高兴允许。燕皇后也非常高兴，她只生下了两位公主，没有皇子，有了祯，她的地位更加巩固。祯每天按时去给燕皇后请安，母子之间关系十分融洽。

一晚，宋真宗头疾发作驾崩，太子赵祯宋仁宗继承皇位，尊燕皇后为皇太后。不久之后，他拨重金要大臣重新将普云禅寺装修一新，将白龙山改为太子山。这便是屈家岭太子山名的由来。他暗地里要王连忠将石蒜接到宫中，王连忠去了太子山下找到石蒜的家，石蒜已经在一年前，得急病身亡。得此消息，宋仁宗非常伤心，他将普云禅寺那里的花赐名为石蒜花，并且要王连忠将此花移植到宫中。看到此花，他就会睹物思人，想起石蒜的友情。

他要王连忠为石蒜的父母带去纹银三十两,以报答石蒜对他两小无猜的青梅竹马情。燕皇太后驾崩后,他要子佐王爷去找他生母李氏。半年后,子佐王爷在云梦一个偏僻的村落找到李氏和采兰。李氏和采兰以种地为生,隐姓埋名,历经人间辛苦。子佐王爷将她们接回宫中,宋仁宗尊李氏为皇太后,李氏终于苦尽甘来,在宫中享尽荣华富贵。

温情

腊月里的一天,老铁穿着一件手织的灰色毛衣,拉着木板车。他妻子芳坐在黑乎乎的木板车上,木板车上尽是煤屑渣滓。今天太累了,送完了最后一车煤球,芳佝偻着,用手抚着腰。老铁扶着芳上了木板车,说,腰疼又犯了吧,你坐在车上,我拉你。边脱了棉袄让芳套上。芳说,你脱了棉袄,小心感冒。老铁说,叫你穿上就穿上,别婆婆妈妈的,我出力气,冻不着我。

老铁今天很兴奋,今天生意好,还买到一个便宜的旧手机。这下好了,随时可以和儿子唠嗑。每次在房东家打电话,虽然房东很热情,可是自己心里觉得别扭。

回到家里。说是家,其实他们租住的是几平方米的一个铁棚。冬天凛冽,夏天闷热。老铁在煤炉锅里煎着几条小鲫鱼,空气中弥漫着鱼香味。老铁手里忙碌,嘴里还哼着流行歌曲:你是我的玫瑰,你是我的花。芳开心地笑了,瞧你,五音不全,全唱得变调了,人家庞龙唱得多好听。老铁难为情地笑,狡辩说,你知道什么,这是我老铁演绎的铁式唱法。芳戏谑说,我宁愿听鸭叫,也不想听你的铁式唱法。老铁说,我高兴,我就要唱,你是我的玫瑰,你是我的花……

芳喜欢老铁这样,无论何时,老铁带给你的都是轻松愉快。记得儿子考上市重点高中,老师说这个孩子考上名牌大学绝没问题。那一段时间,芳忽忧忽喜,喜的是老铁家几辈子出了个人才,忧的是上大学一年要一万多。老铁说,愁什么,我们夫妻去城里打工赚钱供儿子读书。芳说,我们年龄大了,谁要啊?老铁说,有我,担心什么。转眼夫妻二人在城里打工已有五六个年头了,儿子后年就大学毕业。自己就可以回老家过日子。芳想到住在自家宽敞的二层楼里,别提有多舒服,自己这段时间总是梦见老家那块菜地,什么绿油油的葱蒜啦,碧青嫩生的菠菜啦,想家了,真是夜夜梦回。

夫妻俩刚吃完饭,老铁迫不及待掏出手机,给儿子打电话。他带着兴奋的口吻对儿子说,我买了手机,以后你想我们,可以随时打电话来。儿子说,嗯。过春节,你们回来吗?老铁说,不回去,节省路费,你陪爷爷奶奶过春节,告诉他们,你大学毕业了,我们就回老家去,要帮助爷爷奶奶做事,要孝顺他们,知道吗?儿子说,嗯。我们这里下大雪了,你们那里怎么样?下雪了吗?老妈的关节炎没犯吧?老铁说,还好。儿子说,我要老妈接电话。老铁把电话递给芳笑着说,小宝还是喜欢你一些。儿子说,妈,你不要累着,注意身体,学费你不用太费心,我可多兼几个家教的。芳说,我很好,不要紧的,有时间去看看外公外婆啊。儿子说,嗯。老铁抢过电话。儿子说,老妈身体不好,怕冷,你要多照顾妈。老铁说,知道啦,随即挂了电话。

这时候,煤炉上的开水烧开了。老铁倒了热水自己先洗了脚,又给芳倒热水,自己先上床去捂被子。老铁对芳说,捂暖和了,你快上来吧。

外面的风尖厉呜咽着,门被风震得哗啦啦地响。芳枕着老铁的胳膊,躺在老铁温暖的怀抱里,渐渐睡着了。

 # 屈家岭之春

　　春暖花开,草长莺飞,我们相聚屈家岭。

　　远离城市喧嚣,伫立在桃花山上,自己此刻无疑是幸福的,自由自在,随心所欲,心灵与大自然同在一个脉搏跳动,无羁无绊。天是蓝得可爱,仿佛一汪水似的。蓝天下密密低低一列一列的桃树,密匝匝的桃花开得妖娆正盛,不是"桃之夭夭,灼灼其华"一般简单的艳丽。像是天上飘落的红霞,"千朵浓艳倚树斜,一枝枝缀乱红霞。"屈家岭的桃花开得热闹,绚烂、张扬、娇媚。

　　微风拂过花梢,花瓣有丝丝儿的颤动,便也摇曳生姿了,足以令人怜爱不已。忍不住想一亲芳泽,还未到近处,便有暗香浮动,沁人心脾。不远处有一美女轻抚一枝桃花,对着镜头莞尔一笑百媚生,真是人面桃花相映红,分不清是人美还是花更美,抑或是二者交相辉映平分景色吧!

　　沿着桃花山蜿蜒的小径,看罢桃花,看梨花。如果说屈家岭的桃花美艳热烈,美轮美奂,那这成片成片雪白的梨花则是冷艳素雅,清新脱俗,风姿迥异,别有一番情致。

　　梨花寂寥地独处,兀自静静地绽放,是美丽而又轻愁的。其实真正爱花的人是不会辜负梨花的,我一直喜欢它的清雅。

　　梨树的嫩叶几乎全破了,鹅黄脆嫩的;梨花润泽晶莹剔透,如美人肌肤,在阳光下变得更加清光照人。我忽然想起:"玉容寂寞泪阑干,梨花一枝春带雨"的诗句,那个白衣翩翩梨花仙子为何垂泪,有何轻愁? 我想象着梨花

带着盈盈泪珠该是多么的楚楚动人，只可惜今天是阳光灿烂。略一思忖，禁不住埋怨自己有私利之心，花儿是不禁凄风苦雨的。

对于春天，我一直是又爱且恨的，爱花开时的艳丽，不忍看花纷纷扬扬无可奈何落去时的凄美，虽不至于像黛玉葬花时的哀婉凄恻。伤感、怅惘、怜惜之情还是油然而生。"今年花落颜色改，明年花开谁复在。"美好的事物总是短暂而易消逝。花如此，人生又何尝不是如此，比如青春比如爱情比如事业等；人生总是跌宕起伏，忧思感怀，什么时候能像花儿一样不怕花落去，明年花更好，去留无意，安之若素，世人皆活在名利生存中，几人又能真正做到洒脱呢？

迎风站在屈家岭文化遗址上，思绪随风飘扬。远处油菜花在风中舞蹈，干涸的河床，一茬一茬的油菜青了又黄，古文化遗址很寻常。岁月流逝，历史变迁，生命在诞生、成长、繁衍，一代一代生生不息。千年翠柏傲然屹立风中，似在轻轻叹息。经过绵长的寂寥，见证承载千年沧桑，不由人不心生敬畏。

采风的人无意踩在古柏旁的农田上，临走时随行的父母官从兜里掏出钱递给老农，虽然是小事，可是他如此细腻体谅老农的艰辛，确实令人感动。那一瞬间，我感觉屈家岭的春天特别美丽。

童年二三事

少年的我，尤喜看花开。每逢杨柳如烟，草长莺飞，桃李梨花竞相开放。美丽的花儿缀满枝头，蜂拥蝶舞，忙杀了看花的我和妹妹。"姐姐，我要这枝花。""姐姐,我要那朵花。"淘气的我,踩在椅子上踮着脚颤悠悠地从树上摘下花枝,递给仰着粉红小脸的妹妹。若是爷爷发现了,就会抚着我们的头怜惜地说:"傻孩子,你们摘下几个桃呢!"我们听了甚是懊悔。

春雨潇潇。片片花瓣在微微风中、细细雨中,悄无声息地零落。那时的我不知:春色无多,开到蔷薇,落尽梨花。落红不是无情物,化作春泥更护花等诗句。看见地下狼藉残红一片,以为花全落了,树不会结桃子了,忧伤的我拾起片片花瓣,不争气的泪水从眼帘中漫出来。

少时的我特别敬畏一口堰塘。那堰塘据说深不可测,堰塘里不仅没有荷叶荷花之类,连水草都鲜见。堰塘右角有一棵老柳树,树干很粗,几个壮劳力才搂得过来,关于它的树龄,村里老人也说不清楚。

关于此堰塘的神秘传闻甚多。前街的吴大伯,只是一晚醉酒,在老柳树下摔跤,从此竟成了痴痴呆呆的一个人,嘴里时时嘟噜着谁也听不清楚的语言。村人传言他被鬼魂之类的附了身。因为常有一些对生活失望的人,在老柳树上了结自己的生命。有村人说要相信科学,说不定吴大伯摔跤时,刚好碰撞了某重要穴位,可是大多数村民宁愿相信神秘的鬼魂之说。

堰塘是我家到村供销社去的必经之路。白天经过此地,我都飞奔而去,迅速地窜了。有时村里放电影,夜晚回家时不管是朗月疏星,还是黑沉沉的夜,这黑黝黝的老柳树平添了几分阴森恐怖的感觉。我和妹妹既不愿走在最前面,亦不愿落在最后面。想起鬼魂之类的,惊悸得小脸儿通常煞白。

现在,堰塘早已枯涸了,只留下深深浅浅的沟壑,老柳树也不见踪影。我伫立着凝望堰塘。清风拂过我的发梢,思绪随风飘扬。想起童年时曾十分敬畏它,现在看来,方方正正的堰塘其实很普通平常。只是略深,唯此而已。为什么村人从前都如此敬畏它?

少时的我,也喜欢捞鱼摸虾。每逢芳春时节,烟雨蒙蒙时。乡村疏疏落落的房屋都氤氲在薄薄的雨雾中。柳枝依依,水波盈盈,此时正是钓鱼的好时光。我穿上浅紫色的雨衣,一本正经地端坐在水塘边。两眼痴痴地凝望着水面,渴望鱼儿上钩。那时候,鱼儿很多,且是野生的,味道鲜美。只要有耐心,通常会满载而归。夜晚,母亲会做成鱼汤,放丁点生姜和辣椒粉,九分熟时放一些切得细细碎碎的葱花。品尝自己的劳动成果,那味儿真鲜美,简直无与伦比。

放水过后,绿油油的秧苗喝足了水,长势喜人,微风过处泛起层层绿浪。傍晚烟霞灿烂之时,黄莺正在空中娇啼,燕子潇洒掠过秧梢,秧苗上空成千上万只蜻蜓和蝴蝶在翩然起舞。它们仿佛在选秀,比谁的舞姿轻盈优美。

老屋前有一条蜿蜒的水沟,一直绵延到邻村。放水过后,水沟就成了我们的乐园。我和我的好伙伴连生带上自己的脸盆,在水沟下端最窄处用泥土筑成堤坝,在沟的上端也用泥土筑成堤坝,然后用脸盆往外泼水。我们累得呼哧呼哧,却依然乐此不疲。水渐渐地少了,小鱼儿惊慌失措,到处乱窜,我们慌作一团地抓捕,溅得浑身都是泥。不过用此种方法捕鱼,收效甚微,大鱼早逃之夭夭,小小鱼儿不成气候。有时也会前功尽弃,水流急了,也会冲垮我们辛苦垒的堤坝,令我们懊恼不已。偶小有收获,却又令我们沾沾自喜。回到家里,妈妈看见我浑身是泥的狼狈样,免不了会责骂我,一向宠爱我的父亲就会说:"小心感冒,快去换衣服。"我和父亲相视一笑,回房换衣。

春水流年,时间就像流水一样汩汩流去了。无可奈何花落去,似曾相识燕归来。花开依旧,而宠爱我的爷爷于年前故去了。只有在梦中还时时梦见他老人家。曾经潇洒的父亲已满头白发。而小伙伴连生,我已经二十多年没见到他了,音信全无,这些年不知他生活得可否好? 在我记忆中,他还是那个机灵可爱的小淘气。

无锡伤心之旅

太湖美呀,太湖美,美就美在太湖水。这次去无锡,我主要是看太湖和表妹。表妹十前年嫁到无锡,路途遥远,这些年我一直未能去看她,这次终于有了机会。她在一家日资企业工作,她从最低的职位做到现在的技术主管,并且通晓日语。她丈夫开了一家公司,他们有一个八岁的儿子,胖乎乎非常可爱,并且能说会道。

表妹说她在无锡火车站接我,因她的电话断断续续讲不清楚,我焦急地站在火车站前四处张望。表妹找到我时,居然泪水盈盈,她丈夫说她太想念我的缘故。当时我非常感动,没有细细思量,只是觉得表妹形销骨立,太憔悴。其实之前她长得非常漂亮,身高有一米六八,骨肉匀称娇柔婷婷。

表妹她们住在无锡的一个小乡镇。沿途都是工厂,日资的、韩资的非常多。新修的公路十分宽阔,路边绿树成荫,花儿明丽,地毯似的小草绿茵茵的,绿化做得非常到位。她们村的居民住户很集中。她们住的地方周围全是工厂,属于他们村的地只是一小片,只能种蔬菜,主要是满足自己的一日三餐。具说过不了多久,他们村人都要搬到楼房公寓里去住,彻底告别农民时代,因他们已无地可种。这片土地已经有了新主人。

表妹吃住都在婆婆家,她的公婆慈眉善目的样子,笑眯眯的,他们只会说无锡本地方言,不会讲普通话,也听不懂,我们无法交流。晚上表妹和我住在一起,她告诉我,她已经离婚了,只是她和丈夫没有告诉双方父母。这消息犹如晴天霹雳,难怪乎,她如此消瘦。她说她丈夫外遇,她给了他迷途知返的机会,最终她忍受不了第三者、那个女人的谩骂和挑衅。她丈夫的父母坚决表示,宁可要媳妇和孙子,如果知道他们离婚了,他父母要把儿子赶出去,并且把房产过户给孙子。这是表妹的一点精神慰藉,真的,我非常感谢这两位善良的老人。嫁到外乡,远离故土,表妹身边没有一位亲人,如果没有两位老人的安慰和支持,她怎么熬得过这漫长难挨三百六十五天的日日夜夜啊!

表妹泪眼蒙眬楚楚可怜地望着我,我的泪水也止不住流下来,想象得到她这一年中经历了多少苦或痛,没有亲人的安慰,没有一个可倾诉的人,万般苦楚艰难的抉择,屈辱和委屈笼罩着她。我试图握紧她的双手,给她力量,可是苍白无力,无济于事,我拿什么来安慰她那颗破碎的心。

一段婚姻解体了,谁对谁错已不重要,一切都可重新来过。表妹才二十八岁,正值绮年芳华。她只要修养调理,慢慢收敛和隐藏心中的伤痛,还可以期盼找寻新的爱情。我想,有新爱情的滋润,有爱她的人真情抚慰,随着时间推移,她的伤口可以渐渐愈合乃至痊愈。在这场婚姻变故中,最可怜的就是小侄儿,唔,孩子,在我去的半天时间,他躲闪的目光,与年龄不相符的沉静,让我心痛。他静默地看电视,不出去和同龄孩子玩耍,不知道他心里想些什么,聪明的他已知道他父母离婚的事实,想必伤口已在他幼小的心中结了痂,时时如鱼鲠在喉。童年的创伤会伴随着他度过一生一世,永远铭心刻骨,难以忘怀。

因表妹的事情,我放弃了去观赏太湖,我要和表妹去欣赏风景如画的西湖,让她暂时忘记心中的烦恼和忧愁。在去杭州的路上,表妹指着窗外那一片浩瀚的水域,告诉我,这就是太湖。太湖此时在我眼眸中,它波澜壮阔,浪涛滚滚。它就是广袤无际烟波浩渺两千多平方公里的太湖。它在我眼中绝不是柔情似水的江南丽水。它没有柔媚温婉的气质,它更像伟岸的男子,有着朗阔深邃的线条,它冷峻又兼有十分的气魄,个性桀骜,坦坦荡荡。我不由喝彩:壮哉!太湖。美哉!太湖。

美什么啊,太湖的水是臭的,污染太重了,表妹冷不丁咕哝了一句。当我从晶莹剔透的车窗玻璃,再次凝望那一片浩瀚的水域,此刻太湖是多么的沉寂。我在想,以它辽阔浩瀚的身躯,它的水会变臭,它应该经历了太多的劫难。当狰狞有毒的工业废水强暴摧残它,当川流不息的生活废水玷污它。它在痛苦中惊恐中绝望中呐喊呻吟翻滚惨叫,它经历了多少惊心动魄的时刻。

再次想起那首歌:太湖美呀,太湖美,美就美在太湖水。我不由叹息,太湖的美丽,太湖的纯净,恐怕犹如黄鹤一去杳然无音讯。我在想,经济是发达了,我们得到了很多,譬如税收,譬如就业率,可是注定我们又失去了很多,不可再生的湖泊,我们子孙万代需要的生存资源。虽然正在治理,可是不管你花费多大的代价,它永远也无法回到从前。

仙居日记

仙居,好名。仙居,仙人居住的地方,想来亦是宝地。仙居,在我轻轻呢喃着你名字,我们已分乘二辆汽车朝你奔驰而来。

纵使晴明无雨声,入云深处亦沾衣。仙居的山,泼墨似的绿无尽地延伸,波浪起伏,气韵缥缈迷蒙,总是氤氲在淡淡白色雾霭中,若隐若现,婉约秀丽如江南女子。又若意境深远含蓄的水墨画。蓊郁的秧苗,大片大片铺展开去。几只白色鸟翩跹飞翔。画面恬静祥和。

山下荆条花开,绿色世界中,到处是神秘典雅的淡紫色点缀。馥郁的花香和我有着与生俱来的亲切。仿佛回到我的故乡。回到在阡陌边，荆条花下抓石子的快乐童年。拨开挂着露珠的树枝，黏湿润泽的风拂面而来，还泛着一篷一篷青涩味儿，和着土地最深处的芬芳，让人情不自禁深吸一口，再吸一口。踩着颠簸不平的山路，我们一路向山纵深处穿越。这时山林似刚从梦中苏醒，偶有鸟儿婉转的喁喁私语，虫儿的唧唧声，一线山泉从高高的断崖下盈盈坠落，仿佛含着千种相思万种情愁，欲语还休，叮叮咚咚，晶莹剔透。有时山林静默极了，静到可以聆听到一朵野花开的声音。仿佛大自然合奏一曲班得瑞的《寂静山林》。纯净自然的音乐，空灵飘逸，令人沉醉，仿佛已忘掉尘世的烦躁与惆怅，静若空谷一株幽兰。

山亲吻着一汪秀水，小溪环绕着山涓涓流过，仙居就是这样旖旎迷人。仙居的水尤以寺沟瀑布为最美，由于连日降雨，天刚刚晴明，寺沟瀑布沿途泥泞崎岖。幸好水流清浅。我们赤足踩在清凉的水中，沿着寺沟瀑布下游静水沟行走。这时旭日初升，金色阳光透过斑驳的树影，悄然照在溪流上，翡翠样的绿水漾着潋滟波光。暗绿色青苔在水中摆动它轻盈的身姿。溪水寂静无声地从我们身边流过，它那专注的眉眼，脉脉的神态，真是静若处子，温柔如羞怯的少女。又仿佛有丝丝嗔怪，怨我们打扰它宁静的氛围。

淌过静水沟，这时水流潺潺，张扬如风情的少妇，这就是响水沟了。一条溪流两种风情，这是寺沟瀑布独有的魅力。山势愈加陡峭，条条银练临空而舞，好像迸裂无数珍珠，泠泠作响。此时此刻我们已无路可走，望着落差七八米的瀑布，好像九十度的直角，让人望而生畏，脚下乱石嶙峋，如果摔下来，肯定会受伤。前面朋友小心翼翼攀着溪边的山石和几茎青藤，一步一步扎实艰难攀登而上。还有我们几个胆小的踌躇伫立在那儿，回走已不可能，只有前行。站在瀑布之上，就是寺沟瀑布的仙人沟了。爱拼才会赢，回想刚才战战兢兢爬上巅峰，征服自然的那种愉悦油然而生。此时行云渺渺，流水淙淙，清风徐徐。徜徉于风景旖旎的大自然中，洗濯尘风俗雨，心情恬静淡定从容，做一回仙子如何？

从仙人沟下山，经过一座水库。一潭碧水绿森森的，像一面平整的碧玉，没有一丝儿涟漪,在炎夏,透出凛冽的寒意,那高贵的气度不容人接近。听导游说,此水库深不可测,从她记事起,没有干涸过,也没有人敢在水库里游泳。站在高高的水坝上,凝视着碧波万顷的秧苗,是这座水库默默灌溉着它们,滋养着无数仙居人。

一方水土养育一方人。都说有缘人才相聚,小张是我们在仙居街上邂逅的女大学生。仙居千万人中我们只找到她,连小张自己都说我们是有缘人。她大学刚毕业,刚从成都回家两天,因问路,她愿意为我们做导游。她才二十出头,落落大方,笑容灿烂。她告诉我们,她家虽然住在仙居街上,也种了几亩地,她父亲还有电氧焊的技术,农闲之余给人焊焊农具防盗门之类,属于半农半商,是现在农村最理想的生活模式。说起仙居的农家饭菜,我们想起山里的腊熏肉。她说她家有很多,还有腊熏香肠,腊熏鸡。去她家吃饭,她父亲正大汗淋漓地在焊一个防盗门。他摘下面罩,朝我们憨厚地笑了笑。吃着大块香醇的腊熏肉,喝着小张父亲自酿的高粱酒,人生难得几回醉。除了两位美女司机,因要开车安全返回,滴酒未沾,几位帅哥都喝到微醺。一顿饭竟然吃了两小时。临走时,小张频频叮咛:大哥哥,你们慢些走啊。

漳河淌水

漳河水清波微漾,它一路低吟浅唱逶迤而来,穿行于广袤的田野,流淌在青山脚下。这些年来,它碧波潺潺,总在我梦中萦绕,只因它不知疲倦,缓缓流经我曾经居住过的村庄,滋养了我的父辈及我们。

沿河右岸是我居住过的村庄袁集,地势较为平坦,大片大片肥沃的土地及良田。沟沟渠渠都被小河灌满了水。绿油油的秧苗仿佛只要伸个懒腰,打个盹,漳河的水就哗啦啦,奏着高歌载歌载舞而来,浸润着秧苗乐开花。

深秋,河水变得清浅。田野里金波荡漾,稻田里的稻子变得颗粒饱满,沉甸甸的。收割的拖拉机来了,田野的农人忙碌起来了,汗珠顺着脸颊恣意流淌。田间里,稻场上,到处是欢声笑语。稻草堆得像小山,麻布袋装的稻谷堆得像小山。粮食收购站门前是人山人海,拖拉机是来来往往,络绎不绝。

沿河左岸龟山村人羡慕得有点嫉妒。龟山村地势呈丘陵地带。穷乡僻壤,荒山上只有野草在无拘无束地疯长,落入眼帘的是苇絮在风中轻盈起舞。稻田常年干旱,粮食望着老天爷收。日夜从漳河里抽的水,上了山,没几天就被黄沙土消失得无影无踪,稻田干涸。收割的时候,风中唯有农人无可奈何的叹息声。

近些年,历史又翻开了新的一页。仿佛在一夜之间,龟山村人找到致富的窍门,荒芜的山变成了取之不尽的金矿。一座座荒山全开发过来了,种上了橘树,清甜的橘子到处远销。一畦畦麦苗麦浪滚滚。花生成熟的季节,一家人无论如何也忙碌不过来,到处请临时工来帮忙收获。山冈上到处是流金的油菜花,金灿灿地晃着袁集村人的眼睛。望着新盖的别致小楼,龟山村的汉子扬眉吐气,踌躇满志,露出了久违的笑容。

一向自傲的袁集村人无论如何也咽不下这口气,他们暗自在田间琢磨。考虑怎么合理种田,才能使利润最大化。最先想到的是在大棚种草莓,红红的草莓能卖到几元钱一斤。尝到甜头的庄稼人,开始大批量种植经济作物、反季节的时令蔬菜,青翠的黄瓜,红红的西红柿,什么莲藕、荸荠,甚至在水沟边插上能赚钱的栀子花树。一分耕耘,一分收获,付出就会有回报。虽然辛苦,可是腰包鼓了,说话也硬气,笑容显得更自信、更欣慰。

在这一轮又一轮的赛事中,两村人共同富裕了。闲暇时,几家人聚集在树荫下闲聊、喝茶、下棋。年轻小一辈,则努力学习,考取大学,到更远的天地,去开拓属于自己的美好生活。

PART 4

秋天里的华尔兹

夕阳醉了,漳河两岸沉醉在迷人的霞光里,河水轻轻荡漾,像撒下无数碎金似的。小河上空无数只轻盈的蜻蜓在翩然起舞,和河水嬉戏,几只白鹭从漳河上空优雅飞过。河这边农人牵着牛,一前一后漫不经心地回家。牛儿不时甩着尾巴,赶那些惹是生非的蚊蝇。河那边一群淘气的白鸭,欢叫着奔向正在给食的主妇。鸡们急不可耐地啄地下的碎米。霸道的公鸡在忙食之余,偶尔也会教训几只抢食的母鸡。邻居王婶家几株夜来香花,缓缓绽放,玫红的小朵花儿独自美丽芬芳。疏落的农家、小河、黛青色的远山,这一切在霞光映照下,显得特别的恬静美丽。

暮色四合,夕阳收敛起她妩媚的笑靥。月亮悄悄地升起来了,朦胧的月光,静谧的漳河水,这好像是久远的景色,又像是昨夜。漳河就这样一年又一年,滋养了一代又一代人。它不知疲倦,淡定从容地向前缓缓流淌,一直淌进我的心灵深处。

多彩的大口森林公园

到过大口森林公园,我很喜欢它的美丽风光。称之为美丽,肯定会有一抹动人之处。随着年龄渐长,更深知人生苦短,无论人或事,我都喜欢用直抒胸臆的直白方式,去表达自己的爱憎,喜欢就是喜欢。

下了中巴车,我就被大口森林公园浓墨重彩的美所惊艳。一条柏油马路寂寥地延伸到远方,隐入重峦叠嶂无比浩瀚的林海之中。公路两边数以亿万计树木的叶子,它们经过岁月的洗礼,经过秋霜的浸染。层林尽染。犹如万花筒一般魅惑迷人。那一大片红的树叶,鲜艳夺目。那一大片黄的树叶,绚丽灿烂。那一大片绿的树叶墨绿,像泼了墨似的深邃。就像春天的花儿一般姹紫嫣红,色彩泾渭分明,浓墨重彩,颜色都浓郁到了极致,也美丽到了极致。也像画家画的油画,色彩都浓艳到了酣畅淋漓的地步。多一分嫌多,少一分嫌少,都是最佳的状态。

爬过陡峻的好汉坡,拐过一个山头,我们沿着一条清澈的小溪行走,感觉完全到了另外一个世界,好像经历了人生一次大的跌宕起伏。如果说刚才的风景是浓妆艳抹的美,现在则是另外不同的风情。这是一种素雅的美,素淡也到了一种极致,完全是苍茫荒凉的意境。不计其数灰褐色的树干裸露在眼前,或笔直或枝干遒劲,没有一片树叶,它们光秃秃地瑟缩在风中,没有一丝绿色的痕迹。完全是灰色的格调,好像远古时期就存在的样子,仿佛是历史的沉淀。我不知道这里为什么会如此荒凉,从刚才的浓艳到了荒凉,从有到无,就好像经历了一次生命的轮回,如同一本厚重的哲学书,需要用心地去体会。

过一座小桥,就是楠竹林的世界了。举起镜头,发现楠竹林的风景很平常,镜头里只是密匝匝的楠竹笔直的枝干。就发现欣赏楠竹林的美丽,需要用仰望的姿态。楠竹的树叶喜欢和天空白云星月做伴。在蓝色的天空背景中,它们枝繁叶茂,姿态万千。

大口森林公园是以树林为美,我一向对植物知之甚少,就像现在我对一簇黄叶情有独钟。可是我不知道它是什么树,不过也无关紧要,我只是喜欢它的美丽,因为在很远的地方,它就锁住了我的目光,我为它而感到欣喜。它不像楠竹杉树高处不胜寒,做凛冽状,拒人于千里之外。它是低矮的灌木丛,很知心很亲切的一种面貌,像要和你倾心交谈的样子。我好像懂得它,我有缘在它最美的时光邂逅了它。我喜欢这种无声无息地交谈方式,无羁无绊,无牵无挂,这是人与自然的一种和谐,一种完美的统一,它让人全身心地愉悦和轻松。

有朋友告诉我,鹰之洞瀑布是大口森林公园美景之一。她去的时令正是盛夏,她说,鹰之洞有"飞流直下三千尺,疑是银河落九天"的气势。现在正是初冬之季,鹰之洞瀑布水源枯竭。鹰之洞瀑布像一位处子,也是羞答答的文静,只有一泓清流轻盈地滴滴答答。不过那一片山崖上密布厚重苍绿的青苔,还有岩石上众多的小孔,都是水流冲击的痕迹。鹰之洞瀑布奇就奇在有无数个自然相通的小洞。若是在盛夏,千万条水流飞花溅玉,在那小洞中欣赏,应该会有另外一番景致吧。

夕阳正好的时候,我们走到那一片杉树林。明媚的黄色,柔和的夕阳,有摄影师让我们迎着夕光,淡定从容地朝前走。那晚,这样的片段也走进了我的睡梦中。

人淡如菊

是在一个偶然的瞬间,我发现了她。那些晚上,我一直兴味盎然在一个大众舞厅里跳舞。有次翩翩起舞,旋转到舞厅的后门口,也是舞厅的一个安全通道。我不经意地一瞥,看见她神情枯槁地坐在后门口,一个幽暗的角落里。

她年龄有七八十岁,脸上皱纹纵横密布,是时光雕刻的沧桑痕迹。一把木椅旁边放着一根拐杖,她就这样一直坐在那儿,消磨一段光阴,也不知她何时走的。好像每晚她都悄无声息地坐在那儿,然后悄无声息地离开。舞者专注于跳舞,谁也没关注她从哪儿来,到哪儿去。也没有谁和她搭腔,也不知她在想些什么。

舞厅里放着或舒缓或抒情或激昂的歌曲,美丽的霓虹灯在不停地旋转,散发着迷离的光芒。舞者们心情愉悦地翩跹起舞。一边是轻歌曼舞，一边是昏暗落寞，她就这样形单影只地坐在那儿。此情此景，看见她，我心里五味杂陈。同情，怜惜，伤感，惆怅。好像看见时光隧道。好像看见很多年后的我，风月无情人暗换，真是让人触目惊心，也有一丝暗自窃喜。毕竟我还年轻，我还能跳舞，我还有一些浪漫的情怀。比起无比苍老的她，我应该是多么的幸福啊！

实在忍不住，想和她聊天。她指了指黑暗中的一个小单间，她说她就住在那儿。门口摆放着煤炉煤球之类的。想必老人生活也很清苦，她说她儿子会隔三岔五地来看她，为她送来吃的。她告诉我，每晚她就坐在这里听听音乐，看别人跳舞，回忆起自己年轻时的一些美好的往事，想起一些让她开心的事情。每晚都睡得很沉实，就这样活着，她已经感觉心满意足。

不惧岁月的变迁，面对逝水流年，泰然处之，我见过的人不只她一个。在舞厅里，曾经见到一个独舞的妇人，五六十岁，脸色憔悴，肤色特别晦暗，没有人邀请她共舞。她一个人伸开双臂，微侧着头，带着淡淡的笑容，一副标准的华尔兹姿势，随着节奏，踏着节拍，在众舞者中间旁若无人地穿行。她每次都是这样特立独行的一个人跳着优美的华尔兹。别的舞者都是双双对对翩翩起舞，她一个人的华尔兹格外显得突兀怪异。有很多人不屑一顾，不理解，说她是神经病。

后来得知她患了绝症，明知是不治之症，从医院出来后，她决定到舞厅跳舞，她年轻时曾痴迷舞蹈，现在能跳一天是一天，不能虚度，感觉自己跳着华尔兹，很优雅，沉浸在音乐中，很开心。她还得意地告诉我们，她的女儿就在北京某一个很知名的歌舞团里跳舞。她还说，跳舞可以让人忘记一切烦恼。

之后，在舞厅里再也没见到那个独舞的妇人，我想，是不是她的生命已经戛然而止了。想起她一个人优雅的独舞，想起那个坐在黑暗角落里打发时光的老妇人，真是让人唏嘘，感叹生命无常。光阴似箭，时光苍凉，面对生命的倒计时，面对衰老，她们淡然平和的态度，健康积极的心态，人淡如菊，真是让人感动。每个人都有苍老的那一天，我们是不是更应该珍惜现在如花的岁月呢？

PART 4
秋天里的华尔兹

>>>>> PART 5

天使在成长

那一夜她意外失眠,想起年少时一个人孤独地站在风中,曾经的伤痛,不堪回首的往事,她感慨万千,禁不住泪流满面。她告诫自己,一定要努力,要像凤凰涅槃,浴火重生。

清流峡游记

如果说天河,是大洪山风景区一条流光溢彩的白金项链,那么清流峡,则是它上面一颗璀璨夺目的钻坠。它们相辅相成,美得相得益彰。

那天游清流峡之时,细雨霏微。远山如黛,水汽氤氲。薄薄的青雾飘浮涌动,如云似幻。群山沐浴在山岚之中,越发显得蓊郁清朗。

清流峡四周皆是田地。秧苗随风摇曳。鸟儿正在娇啼。几只白鹭在天空翩翩飞翔。清流峡掩映在一片杂树丛中。轻启柴扉,沿陡壁拾阶而行。曲径通幽,别有洞天。通天洞瀑布飞珠溅玉,凌空飞洒。它不像黄河壶口瀑布气势磅礴壮观。它婉约清丽,像要温存地将人揽之入怀。微微冷,轻轻凉,爽心宜人,恰到好处地浸润着你。

此时适逢雨季,天河水浑浊奔涌。而清流峡则是碧水潺潺,闪耀着清凌凌的光,忍不住将手伸到水里,让肌肤感受清凉水流的抚摸。

静谷幽涧。我们穿藤扶石,蜿蜒而行。遇到峭壁,攀着垂直的铁梯小心翼翼而下。峡边怪石嶙峋,绿树苍翠,古藤缠绕。偶有零星的小白花从绿藤中探出头羞涩地笑着。一颗颗绿珍珠似的山葡萄掩映在树丛中,摘一颗放在口里品尝,因未到成熟季节,酸涩无比。

虎跳涧水流湍急,沿着七八米的峭壁飞泻而下,瀑底似乎深不可测。我们有很多人不愿跟着导游走马观花,故意落下细细品味。站在潮润的虎跳涧一则,大家张开双臂做飞翔状,一个个笑靥如花,在数码相机里留下千手观音的画面。有两帅哥跃过虎跳涧,石上绿苔清晰可见,危险刺激。大家戏言,如果掉下去就变成一条美人鱼。我们几个女流之辈跃跃欲试,受伤的美人鱼是不想做的,可又想征服自然,享受瞬间的极度快乐,让生命感受大自然的美好。丽和惠及我三人都是率真的女子,我们手拉着手小心翼翼前行,一阵轻冷的水花扑面而来,水花溅湿了衣裳,对面帅哥伸出手来,帮助我们渡过虎跳涧。末了看着幽深的潭底虽心有余悸,可是刚才那一幕温情和友谊,我感觉是幸福的。

"独怜幽草涧边生,上有黄鹂深树鸣。"清流峡细流涓涓处,碧青的水草格外丰美茂盛,惹人怜爱。忍不住连根拔起,只觉清香阵阵,沁人心脾。

走到峡底,看清流峡飞瀑曲折交叠。远远近近,错落有致,宛然一幅浓淡相宜的水墨画。清流峡丽质天生,没有丝毫人工雕琢痕迹。我一直喜欢这种原生态天然的风景,这里的安谧和恬淡,古朴和清幽,令人回归善良的本性,显示真我。

故乡的春天

在这乍暖还寒的三月。故乡的油菜花应该都开好了吧。在往常,逶迤的河边,清亮的河水映着波澜壮阔的一片油菜花。姹紫嫣红的春天方拉开了序幕。

故乡地处丘陵,它依偎着绵延的龟山。几条迟缓的河道成了村与村的分界线。拂晓,村里氤氲在一片白色雾霭中。黏湿润泽的空气,浸润着小麦油菜恣意疯长。小麦更繁茂了。广袤金灿的油菜极致地喧闹,喻示着生命的繁华瑰丽与坚强。

清晨的故乡宁静而祥和,娇莺恰恰啼。偶尔从远处传来几声稀疏的鸡鸣狗吠声,并不影响恬淡的氛围。农家小院炊烟袅袅,灶炉里稻草秆呼啦啦地燃烧。主妇揭开锅盖,腊肉的香味香了半里路。男人不疾不缓地从牛栏里牵出牛,将牛赶到池塘去喝水。末了,爱怜地抚摸着牛儿的背,将它系在粗壮的刺槐树下。

蓝莹莹的苍穹下,疏影横斜的三两枝桃花缓缓绽放,池塘边的如烟柳丝散发出绿色烟雾。男人扶着犁铧,赶着牛犁地,从泥浆里翻耕出土地的生机。这样的镜头,是那样的亲切和熟悉。年老的妇人坐在草垛下无比安宁地缠着稻草秆,日日年年,反反复复。阳光依然金色炫目,只是春水流年改变了容颜。妇人偶尔眯着眼,望着远处连绵的群山,好像时光回到从前,那时的她风华正茂,丰艳妖娆,想起初恋,想起倾心爱过的人,她慈祥地笑了。

漫步走到杨果果家的杏花树下,杏花此时繁盛成一团粉白色的雾海,幽香四溢。曾几何时,少女时的杨果果,扶着一枝开得灿烂的杏花枝,眼神忧郁地凝望着远处黛青色山峦,说道:我要考上大学,永远离开这里,越远越好。我的心思和杨果果一样,我们这一代人,眼光总是停留在别处,没有丝毫的犹疑,只有毅然决然。越过苍茫的天空,越过黄绿相间斑驳的大地,向往都市的浮华,憧憬美好之花开在彼岸。十五岁的少年袁小风五官俊秀,瘦弱修长,爱沉静思索,不善于表达,他吟道:"为什么我的眼里常含泪水,因为我对这土地爱得深沉,你俩都远走高飞吧,我这一辈子决计不会离开家乡,我喜欢这里。"他的语调低沉缓慢却铿锵有力。我和杨果果不约而同地望着他。虽然他令我们刮目相看,可丝毫也影响不了我和杨果果远离家乡的决心。

时光犹如一帧帧黑白底片,一步一步脚印深深。杨果果经过若干年的打拼、跋涉、途经千山万水,现端庄地站在南方某院校的讲台上。袁小风是村里的支书,他先后开过榨坊、打米厂、农家乐,种过大棚经济作物。他自始至终没有离开家乡,踌躇满志地精心侍弄属于他的那片热土。

　　轻轻地走在阡陌纵横的田间小道上,两边的油菜花风姿绰约地簇拥着我。油菜花的清馨气息在田野里四处飘荡,不知不觉间梳理了我浮躁的心情。我停下脚步,伫立在金色花海中,一刹那,我愣怔在那里,为油菜花撼人心魄轰轰烈烈的明丽而感动。我甚至像一个妖冶的女人一样,十分贪婪地亲吻它的芳泽,沉迷不已。在这里,我心甘情愿做一个堕落的花痴,情愿是它怀中孕育的那颗小小的小小的花籽。

　　一只小蜜蜂飞到哪里去了?那只刚刚在我头顶轻盈飞过的翠鸟,转瞬间已了无痕迹。它们是不是指引着我,欣然和一条河赴约。走到小道的尽头,拐一道弯,眼前令我豁然开朗。这是一条无数次出现在我梦中的河流,它曾无数次在我心湖中轻轻地荡漾。对这条河流,我有着与生俱来的永不衰败的热爱和眷恋,也有着虔诚的敬畏与尊崇。这条河流对我有着特殊的意义,因为它曾无私地生养我,亦是我的精神家园。在我的记忆长河中,我曾像影子似的追随过它,我在这里游过泳、摸过鱼、捉过蟹、钓过虾,也曾为在它岸边,偶遇野百合花开而欢呼雀跃。也曾在深秋,我调皮地用手撩起一串串清凉的水珍珠,心情愉悦得如莲花开放。也曾在飘忽的白云下,我的灵魂由白云携带着,执拗地沿着这条河的上游不停地奔跑,试图找到它的起源地,它从哪里来,又流到哪里去,我不停地琢磨过它……在这里,每一个记忆都让我柔情似水。

　　临水站在坝堤的石阶上,这时候的油菜花和河水如一位婉约的处子,恬静美丽。我找到一片向阳避风的山坡,这里开满蓝紫色的神秘小野花,好一个世外桃源。我和衣仰面躺在野花丛中安然入睡,我感觉自己飘浮了起来,像驾着一片蓝紫色祥云在金黄色的世界里翱翔。一觉醒来,心清神爽。此时已是暮色四合,放牛归来的大叔扯着嗓子吼道:

　　　　三月里是春风哪咿呦喂,
　　　　妹娃子去探亲啊呵喂,

PART 5
天使在成长

金哪银儿索，

银哪银儿索，

那喜鹊叫啊捎着莺鸽。

妹娃子要过河，

是那个来推我嘛。

我兴奋地和大叔一唱一和，饶有趣味地走在乡间小路上。一曲唱罢，"小妹，小妹。"仿佛有人在喊，我茫然四顾，喊谁呢？喊你呢，大叔用手指着不远处。袁小风从塑料大棚里探出头向我招手。袁小风的大棚里全种着草莓，此时正是草莓丰收季节，青翠的叶间缀着无数红艳艳的草莓。他说，尝尝我的草莓，绿色食品。他还告诉我，上次杨果果带着他的男朋友回家，尝过草莓后说，这是她吃过的最美味最纯正的草莓。其实我知道她，品尝的是草莓，其实和我一样是沉甸甸的故乡情结，是萦绕在我们心中淡淡的乡愁。

那故乡的风，那故乡的云。我在心灵深处默默地呼唤着。在这如诗如画的春天，我悄然走过故乡，轻轻地、惆怅地走过。

酒品人生

男人嗜好酒，就如同女人偏爱口红。口红是女人化妆的点睛之笔。酒是男人一生永远钟爱的情人。

酒色财气，酒排首位。无论是显赫名人还是平民百姓。只要是男人看到酒,就如同狼瞅到猎物,精神倍增。

花间一壶酒,独酌无相亲。酒是平常酒,菜是家常菜,一碟花生米,一根黄瓜,几条小鱼,一碟泡菜。一个人自呷自乐,悠然自在,有份闲适舒畅的乐趣。酒逢知己千杯少,若是处在轻松和谐的氛围中,友人对饮,酒酣七八分,适可而止,起舞弄清影,何似在人间。

喝酒还有更美妙的事儿,席间若有楚楚动人的美女相陪,品一口小酒,朦胧中看一眼美人,对酒当歌,人生几何。此时美女如果主动挑战,男人定会喝酒酣畅淋漓。酒是美女的天然化妆品。几杯酒下肚,女人面若桃花,眼似盈盈秋水。其实席间有女人作陪,只要女人端起酒杯,一般都是女中豪杰,不是八两就是一斤的酒量。男人和男人喝酒,有时暗加提防。和女人对饮,有怜香惜玉之心,有时也经不住女人的温柔劝酒方式。酒不醉人人自醉,牡丹花下醉,男人无怨也无悔。

酒是人际关系的润滑剂,求人办事,本是公事公办,素不相识,如果在席间杯来杯往,无形中就亲近了许多,亲近就会成为朋友,或是称兄道弟,工作中的问题就会迎刃而解。

酒也是利器。喝酒本是一件愉悦的事,可是遇到尴尬的场合,喝酒就让人难受沉闷。席间有令人讨厌的人,早就看对方不顺眼,道不同不相为谋。可是在同席喝酒,酒就是利器。怎么灌醉对方,让对方丑态百出,让对方酒精中毒进医院,不欢而散,方才泄恨。

喝酒可以看一个人的品质,酒风爽直的人,心胸豪爽坦荡,为人真诚,是可以信赖的朋友。有人喝酒阴险奸诈,起初默不作声,似乎在酝酿什么,酒至尾声,方才醒悟,要跟你拼酒,用无赖的手段,恨不得把你灌醉才罢休。

有人喝酒,自己能控制自己,把握场面,始终保持清明的状态,讲究情调和意境,劝酒彬彬有礼,酒席上他能让大家喝好不喝醉,没人狼狈。总能让酒席在温馨热闹中圆满结束,这样成熟稳健有分寸的男人总是很可爱。有些男人是世人皆清醒,唯我独醉,不分时间,早中晚,自己都把自己灌醉,什么时候都是面红耳赤,一身酒臭味让人嫌恶,走到哪都让人避之不及。

人生得意须尽欢，莫使金樽空对月。喝酒适量，是人生享受之一。酒喝过量，疾病就会接踵而至。

让我们把酒临风，生活像红酒一样甘甜。

玫瑰物语

每到情人节之类，看到女人收到玫瑰花的笑脸，我心里特别羡慕。因为从来没有人送我鲜花。

十年前，爱人在外地进修，发短信说，我生日那天，他会快递鲜花给我，祝我生日快乐！看完短信后，甜蜜的柔波在心中荡漾。日日望，夜夜盼，真是望眼欲穿啦！终究是一场空。

一日，爱人回家递给我一枝红玫瑰，嬉笑着说，一枝玫瑰代表一心一意，就如同我对你的情意。当时我心里纳闷，又不是节日、结婚纪念日之类的，送我一枝花做什么？我当时回他道，无事献殷勤，非奸即盗。不过初次接到玫瑰，虽然只有一枝，我心里也很兴奋、愉悦。那几日，对爱人也格外温柔体贴。爱人是一个藏不住心事的人，没多久就老实坦白地告诉我，那枝玫瑰是他看望病人，鲜花店老板娘没零钱找送的一枝玫瑰。得知真相，我气恼了好几日，不理睬他。

情人节那天，坐二路公交车回家，我身后坐着一对小夫妻，女孩子长得娇俏可人。女孩子对男人说，今天是情人节，你得送我玫瑰花。

男人说，今天的玫瑰花肯定涨价了。

女人说，大概要十元一枝吧。

男人说，买几枝玫瑰要几十元钱，还不如买只土鸡吃算了。

女孩子生气了，只知道吃、吃、吃，一点儿都不懂浪漫。

男人嬉笑道，都老夫老妻了，还浪漫啥？

女人又说，现在有一种水晶玫瑰，可漂亮了。

男人问，要多少钱？

要几千吧，你送我好不好？

男人夸张地说，这么贵呀，我可买不起，你还不如把我卖了。

小夫妻的话令我不禁莞尔，结了婚的男人都一样，实实在在过日子。

晚上，我在厨房做菜，很不甘心，走到爱人面前提醒说，老公，今天是情人节。爱人说，你想要什么？我想要什么，想想都没情趣，真没意思，郁闷地回到厨房。

晚餐时，我默默不语。爱人看出我的心事，说，今天晚上我请你跳舞，好不好？爱人是一个温情细腻的人，每次只要我生气，他都要陪我去跳舞，让我放松和开心。

从舞厅出来，经过花店。此时，细雨蒙蒙，春寒料峭，可花店却是姹紫嫣红。南国花苑的玫瑰花沉浸在雨中，微雨含怯，别有一番风致。

瞅瞅这一朵，摸摸那一朵，太美丽了，太可爱了，我恨不得把花全部搬回家。爱人说干脆买一束红玫瑰得了，看你挺喜欢的。我随意问了花的价格。花价竟然比平日贵了好几倍。终究我们没买花。

玫瑰象征爱情，是浪漫之花。情人节送玫瑰花只是表达爱情的一种形式。只要婚姻幸福美满，只要他心中有你，让你天天快乐，有没有红玫瑰其实也就无所谓了，爱情的实质和质量重于形式，毕竟我们生活在现实中。

 # 西山林语

喜欢西山雨林,缘于骨子里的那份桃花源情节。

像我这样一个俗世女子总希望有花好月圆的婚姻,有一处美丽的栖息地——家园。平时最羡慕那些掩映在绿树丛中,屋前有花姹紫嫣红的民居。羡慕归羡慕,如果离城市太远,我又嫌冷清寥落。说到底,我是一个矛盾的女人,既爱桃花源的安宁祥和,可又离不开都市的繁华绮丽。如果有一个地方,能将两个条件完美地结合起来,那将是多么诱惑人啊!

携着温润的秋风,沐着迷蒙的细雨,我撑着一把花纸伞,来到西山雨林。

一座不知名的小桥,将滚滚红尘隔开。桥的对岸是都市的纷扰与喧嚣。跨过桥,是西山雨林的宁静与清雅。桥下是逶迤而过四干渠的清流,细碎的雨滴,此时在水面上荡起浅浅的涟漪。桥边有几个屏气凝神的垂钓者。几朵红色的花儿,寂寥地在雨中吟诵樱花般的心事。水边一行垂柳在雨中婉约成诗。真是一处好地方啊!繁华中有宁静,宁静中有雅致。

伫立在半山的别墅旁,错落有致的高楼掩映在蓊郁的山林之中。这里与岚光阁比邻而居。推开窗棂,满目苍松翠柏,清新湿润的空气也随风而至。这里有空谷的幽兰香,有阵阵的松木香,有野百合清幽的芬芳。这里可以聆听到鸟儿欢快婉转的歌声。还可以看到云朵朝飞暮卷,云霞翠轩。饮一杯清风,看万绿沉静,尝暗香袭人,醉心于天然,这里俨然就是天然的大氧吧,可以洗涤尘世间的烦忧,抚慰和舒缓紧张压抑的心灵。

住在这里,一览众山小,整个山城匍匐在自己脚下。可以彰显尊贵的身

份,非凡的气度,心境自然而然宏阔浩远,无论是在生意场上,还是政界,都可以叱咤风云,游刃有余。

徜徉在有观景露台的花园房前,我是多么的喜欢呀。观景露台对于家庭,就是风情万种的戏台,观景露台里的花和树,就像美丽的衣裳一样,和女人有着情感上的纠缠和牵牵连连。这里是一个最为美妙浪漫的好地方。可以舒展地躺在竹椅上,听空山静雨,看远山如黛,可以赏花赏雾赏月。即使是欣赏月光,虽然也是城里的月光。可是清雅的环境,月亮也不是平时的月亮,也变成唐诗宋词里的上弦月和下弦月。月光下的花影树影的风致也别有一番情调,有云破月来花弄影的意境。

这样的房子,还有一个最为满意的地方,就是无论随意打开任何一扇窗,可以从不同角度恣意欣赏满目的绿色仙境,临一池碧水,花与树重重相依。任四季更替,时光荏苒,岁月变迁,风景始终还是你眼中的风景。

一杯茗,一碗粥,住房与人间烟火,息息相关,贴心贴肺,蕴含着世间多少美丽的时光啊。

青林寨的秋天

去年,记得在一个论坛看到有关青林寨的红叶,图片很美,我甚是向往。今年在霜降的前一天,我欣然前往马河的青林寨。

到了山脚下,才知青林寨的红叶才刚刚红。莽莽苍苍、葱郁的绿中,斑驳地、零星地,簇拥着点点红叶。山路旁边的火棘,倒是正芳华,如火如荼地喧嚣着，一串串红色的浆果，泼辣辣红艳艳张扬地垂挂在枝叶间。山路上，青松挺立。霸王草的苇絮在淡蓝色的云彩下飘逸。山的那一边，飘浮着轻盈的浅蓝色的雾气，似茫茫云海，又似雾气笼罩的湖水，飘浮不定，变幻莫测，让人捉摸不定是云是雾还是水，想一探究竟。

青林寨的秋天真是静美啊！静得连一片叶落的声音都听得见。清静而又风景优美。一行人轻言浅笑地徜徉在这样的山林中，心情悦然，让人暂时忘记尘世间的烦忧。

走向青林寨的纵深处，突然，一大片一大片红叶绚丽地呈现在我们眼前。这里简直就是红叶的天堂，旖旎的世界。那一大片一大片美丽的红叶呀！红艳艳的，美而不俗，艳而不妖，色彩斑斓，鲜艳夺目。我以为到了童话梦幻般的世界。都说，霜叶红于二月花，花怎么会有红叶如此的气场。我不明白，红叶在即将凋零的时刻，怎会如此有力量地焕发出这样炫目的华彩，是积蓄了一年的力量，还是以这样隆重的方式来谢幕？想到此，不禁让我感到万分惆怅，也许不久，阵阵秋风起，片片白雪落，这里所有的红叶，终将回归到大地，湮灭在尘土里。人和植物一样都是殊途同归，花开堪折直须折，莫待无花空折枝。

青林寨是因为有寨而得名。面对拙朴简陋的石屋，让人浮想联翩，这里山高路远，是前人为了躲避战乱而在此山顶上居住的吗？还是隐藏在此地凶狠毒辣有暴戾之气的土匪巢穴？往昔的一切在漫漫的岁月中已烟消云散，只有那空洞的石屋依然存留了下来。山顶上的生存环境是如此的艰难，他们是如何生活？吃的水是从哪里来？难道是从山脚下的湖里，从陡峭的山路上背回来的吗？世事难料，青林寨只留给世人想象的空间而已。在这颓废的重重石墙下，远景红叶灿烂，黄叶斑斓，绿叶盎然的绝妙背景下，一个笑容灿烂的姑娘留在美丽的镜头中。

下山的时候，我们选择了一个极为陡峻的路，攀着路边几茎草，或是树根，小心翼翼，狼狈不堪。回望青林寨，想起那片美丽的红叶，真是意犹未尽，不虚此行。

# 走进观音岩

我去过京山很多次,每次去,都是为了游览京山某一处自然风光。比如屈家岭的桃花,天河漂流,清流峡之秋,虎爪山的初雪。春夏秋冬,京山的风景各异。每一处自然景观都有独特的韵味和风情,让我留恋回味。

这次有机会去观音岩林场,我甚兴奋,都是因虎爪山的美好。观音岩林场和虎爪山林场都是隶属于京山的国有林场。之前领略过虎爪山的森森竹林,初泛黄色的银杏树林,还有飘逸的蒹葭苍苍,总之虎爪山的每一处风景,在我眼中都是秀丽如画。这次到观音岩,以为又可以欣赏到美丽的风景。

初走进观音岩林场。我看到一座座贫瘠荒凉的山坡上,野草肆虐,在嶙峋的乱石中,种植着上万株纤弱的油茶树、还有红叶石楠。失望的心情不言而喻。我对同行的观音岩林场董书记说,观音岩有没有像虎爪山那样美丽的风景。董书记面有难色说,两个林场风格迥然不同,虎爪山土地肥沃,植被葱郁,它是花园式集休闲旅游为一体的林场,而观音岩则是将经济性和生态美相结合来发展的林场。

汽车在公路上飞驰。凝望窗外,公路两边的苍松翠柏绿树成荫,泼墨似的绿仿佛在无限绵延伸展。满目苍翠,带给人无边的安宁祥和。董书记说,这里都是观音岩林场的辖区,观音岩林场森林面积有九万多亩,森林覆盖率达百分之八十四。怪不得有人说京山是武汉的后花园。看来此话不假。打

开车窗,清新裹挟着芳草湿润气息的空气迎面扑来,深吸一口,让人五脏六腑都觉得舒坦。

观音岩林场的一路都是绿意盎然,密匝匝的绿铺天盖地。一抹水银似的,在阳光下闪着碎光的小河逶迤而来,观音岩林场真是青山隐隐,绿水悠悠啊!此刻我为最初的狭隘而感到羞愧。观音岩的旖旎风光并不局限于某一处、某一地,它是一种立体动态的大美。它的美丽风光表现形式是酣畅淋漓的,气势磅礴的。

随着董书记带路,我们一行人走进天宝寨的一个林业人家。天宝寨曾经是京山的一个小林场,现在划归到观音岩林场管辖。房屋设施非常陈旧简陋,房屋是七八十年代建造的,一厅一室一厨房,门前种着一畦菜地,能自给自足。去的时候刚好不巧,男主人巡山去了。现在是封山季节,森林要防火防盗,作为林业工人,他每天都要巡视一座又一座山。女主人热情好客,笑容爽朗,这时节刚好是观音岩板栗成熟之时,她为我们端上品种良好的新鲜板栗。看得出来她生活虽然俭朴,可是对生活充满了乐观豁达的向往。

之前,我虽然很喜欢我们荆门的青山绿水,可我对荆门的林业工人知之甚少。董书记是个老林业人,他说起植物来如数家珍。他让我想起,我最初踏入观音岩林场,那一座座贫瘠的荒山,那一座座树木葱茏的生态林。正是他们——荆门几千林业人的默默辛勤耕耘,才有了我们荆门园林城市的称号,才有了我们美好的家园。这也许就是我这次走进观音岩林场的收获吧。

普云禅寺的传说

　　普云禅寺地处大洪山南麓与江汉平原交接地带,为中纬度内陆,属亚热带季风气候区。它位于屈家岭太子山主峰一带,方圆约四公里,这里山高林密,风光秀丽,气候宜人。太子山西北坡有一潭,名白龙潭,潭不大,呈半圆状,传说白龙潭原来深不见底,潭中有一白龙时隐时现,每逢下雨时,太子山被云雾遮蔽,白龙便飞翔于云雾之中,雨住则入潭匿身。于是,当地居民便在潭边供起香火,祈求白龙降雨赐福,保佑一方生灵。每年农历三月三为庙会,届时周围百里信徒前来朝山进香,求白龙保佑,其香火之旺盛,场面之壮观,令人叹为观止。

　　相传很多很多年以前。沉静了千万年的一柄水晶魔镜又横空出世。据说,这水晶魔镜可以照到世间任何一个角落,包括仙界、魔界,还有波涛汹涌之下的龙宫。就是说你如果拥有这面魔镜,你就掌握了世间任何一件事。

　　每一次这柄水晶魔镜现世,都会引起一场血雨腥风的浩劫。日月混沌,生灵涂炭。上一次水晶魔镜突然消失,所有妖孽便销声匿迹,日月初开,沉寂了多时的人间才恢复了元气。没想到这次这柄魔镜又悄然现世,所有妖孽又蠢蠢欲动。玉皇大帝命令龙王和二郎神务必在八月十五日之前找到这柄魔镜,把魔镜交到天庭。

　　龙王回到龙宫,他忧心忡忡,他没掌握一点关于魔镜的信息,如何去找到这柄魔镜呢? 白龙太子见龙王愁眉不展,便主动领命去寻找魔镜。

红魔宫里,群妖乱舞,小妖黑熊精上前匆匆对魔王至尊星魂耳语。至尊星魂向众妖摆手,令它们退出红魔宫。至尊星魂传旨要千年树妖蓝姬,还有千年鹿精百合去寻找那柄水晶魔镜。

六七岁的小男孩明在后山玩耍时,发现一只受伤的小鹿站在千年古树下,他说,小鹿,你等等我,我回家去拿药和棉布来医治你。明回家拿了药和棉布,他在小鹿的伤口涂上药,然后给它包扎好。

天色渐晚,山里迷雾渐浓。明在回家时,在浓雾中迷了路。他在山里乱窜,慌乱中走向密林深处。千年树妖蓝姬化作千年柏树,她将所有的根须无限延伸。她在静静等待明的到来,她只要在月圆亥时,吞下男人的精血,她的功力又可以增加五成。虽然明年幼了一些,可他也还是男子,是他自己送上门来,自己不费吹灰之力。明几乎已经在她掌握之中,就在她要收缩根须捆绑住明,千年鹿精百合纵身一跃,抱起明,向密林外飞去。眼看煮熟了的鸭子飞了,千年树妖蓝姬气急败坏地追赶。蓝姬说,师妹,快把那孩子给我。百合说,不行,坚决不行。蓝姬说,你为什么要和我作对。百合说,你做什么,我都可以置之不理,可是这个小男孩,他医治过我的小鹿,我一定要保护他,我也求你放过他。蓝姬说,不行,有了他,我的功力可以增加五成。蓝姬一边说,一边想,这样纠缠,定会误了时辰。她想,既然你无情,我就无意,你破坏我的好事,我就要你的命。她把无数的根须变成一张大网,向百合罩去。百合拔下腰间的一柄短剑,喊了一声,化。短剑化为无数的利剑,向蓝姬飞过去。蓝姬拔下自己的一根头发喊了一声,收。无数头发织成网以柔克刚,短剑纷纷跌落在地。百合的法力略逊于蓝姬,她只好抱着明向东海方向飞去。蓝姬紧紧追赶。

蓝姬和百合的争斗惊动了两个人。一个是居住在黑龙峡的黑蟒蛇妖,一个是居于东海的白龙太子,他们都是千年鹿精百合的爱慕者。百合最喜欢采摘拂晓前带着露珠的野百合花,然后到白龙潭边梳洗打扮,她最后娇憨地将一朵野百合花插在云髻之上。黑龙峡的黑蟒蛇妖在水晶魔镜前偷看百合的一举一动,他觉得世界上所有仙妖的美貌都不及百合。白龙太子每天清晨,偷偷隐藏在白龙潭边,他觉得千年鹿精百合比天庭的七仙女都要好看。要不是仙妖有别,怕触犯天条,白龙太子早就想向百合表达自己的爱慕之情。他一直将自己化作一缕清风暗暗跟踪百合,看她究竟是不是十恶不赦的妖精。他亲眼见到百合心地善良,知道感恩救人,出淤泥而不染。眼看百合的法力不及蓝姬,他化身成白衣飘飘的英俊少年,和蓝姬打斗纠缠,拖延时间,让百合抱着明安然离开。黑蟒蛇妖也化身黑衣飘飘的少年公子,护着百合将明送回家,让百合对他暗生好感。

黑蟒蛇妖每天清晨,开始去森林采摘一束带露珠的百合花,他要亲手送给百合。千年树妖蓝姬见黑蟒蛇妖是个痴情种,人又长得风流倜傥,而暗生情愫。她化身妖媚妖娆的少妇,日日帮助黑蟒蛇妖采摘百合。然后她看着黑蟒蛇妖将一束束百合花送给百合,心里非常嫉妒。其实百合一点儿也不喜欢黑蟒蛇妖,她只是感激他的无私相助。百合觉得黑蟒蛇妖眼神邪气得很,她心里想的是那次救她的白衣少年。虽然当时只是惊鸿一瞥,白衣少年的形象却时时在她脑海中。

一日,黑蟒蛇妖控制不住自己的感情,要强吻百合。百合打了他一巴掌,不理睬他。黑蟒蛇妖用强力抱住百合,欲行不轨。白龙太子化身白衣飘飘的英俊少年适时出现,他用飘飘衣袖将二人隔开。黑蟒蛇妖非常恨白龙太子破坏他的好事,他从腰间拔出黑蟒软鞭和白龙太子一场恶战。他们从地上打到空中,从峡谷打到大海。他们一会儿是英俊少年,一会儿是黑蟒,一会儿是一条白色的蛟龙。这时百合才知,白衣少年原来是白龙太子。千年树妖蓝姬见黑蟒蛇妖处于下风,便拔剑助黑蟒蛇妖,两人联合大战白龙太子。这是一场搅天动地的恶战,最后以蓝姬和黑蟒蛇妖双双挂彩而败下阵来。白龙太子向百合吐露心曲,虽然两人都担心仙妖相爱,触犯天规,肯定会受到惩罚,不会有好的结局。白龙太子邀请百合去畅游东海,他要百合骑在他身上。

白龙太子回到龙宫受到龙王的严厉训示。龙王训示白龙太子追查魔镜不仅没有下落,还搅得天地难安,更不应该去爱上什么千年鹿精这个妖孽。

他告诫白龙太子必须斩断情丝,仙妖不能相爱,否则会受到天规的严惩。龙王罚白龙太子在龙宫面壁思过一个月,一个月不能出龙宫半步。黑龙代替白龙太子去追查魔镜的下落。百合久不见白龙太子,心里忐忑不安,她担忧白龙太子受到惩罚。

黑蟒蛇妖从蓝姬处得知,他们的魔主至尊星魂渴望得到水晶魔镜,他派了小蟒精前去红魔宫求亲。小蟒精对至尊星魂说,如果至尊星魂愿意把他的徒弟百合嫁于他们的魔主黑蟒蛇妖为妻,黑蟒蛇妖就把水晶魔镜送给至尊星魂作为聘礼。至尊星魂当即同意这桩婚事。既能得到稀世珍宝水晶魔镜,自己可以从镜中看到手下办事是否尽心尽力,又可以偷窥他人修炼的法术,还可以和黑蟒蛇妖强强联手,将有一番大作为。至尊星魂和黑蟒蛇妖一拍即合,婚期定在五月五日。百合坚决不同意这桩婚事。这在红魔宫里纯属首次,从来就没有人敢公然违抗魔主至尊星魂。至尊星魂恼怒万分,如果不是黑蟒蛇妖闻讯为百合求情,他会将百合化为齑粉。死罪可免,活罪难逃。他命令属下将百合置于炼炉烘烤三日。红魔宫里传言,只要在至尊星魂的炼炉里烘烤三日,不仅死半条命,而且修炼的法力也会减半。

白龙太子的兄弟黑龙同情白龙太子和百合。他偷偷将百合在受刑的事,告诉给白龙太子,并且暗中帮助白龙太子出龙宫去救百合。这是一场恶战,双方搅得天昏地暗。后来天兵天将加入将红魔宫的妖孽一举歼灭。二郎神趁黑蟒蛇妖不备,带着哮天犬来到黑龙峡里的黑龙潭。他用净水瓶收去黑龙潭里的毒雾,收取水晶魔镜,活捉黑蟒蛇妖。

白龙太子将奄奄一息的百合带到东海。他要黑龙守护百合,自己到王母娘娘的蟠桃园里,去偷蟠桃树下的药草,恢复百合的体力及法力。百合服下药草,神采奕奕。白龙太子带着百合到天庭的金銮殿里,恳求玉皇大帝放过千年鹿精百合,自己愿意承担一切后果。

玉皇大帝命二郎神在白龙山建一座寺庙,就是现今的普云禅寺,供白龙太子修行。晚上罚白龙太子居住在白龙潭里,只允许白龙太子在施风布雨的时候,飞翔于天际之中。玉皇大帝念千年鹿精百合尚未作恶,可是触犯天规,他要二郎神将鹿精百合打回原形,将小鹿百合放在鹿鸣口生活,将黑蟒蛇妖囚禁在黑龙峡里。从此,白龙山里,风调雨顺。白龙太子适时布雨,鹿鸣口那里的青草汁液饱满丰饶。白龙太子尽心尽力地照顾小鹿百合,可是小鹿百合已经忘记前尘旧事。唉!

天使在成长

　　小时候,她就知道自己长得丑。放学的路上,几个调皮的男生看到她,就会怪腔怪调喊她丑小鸭,还会向她扔小石子。刚开始,她会向妈妈哭诉。妈妈黯然神伤地摸着她的头,暗自叹气。

　　课间的时候,活泼的女生们在既跳格子的游戏。其实她很会跳。她家院子里有一棵高大茂盛的香樟树,夕光下,她一个人在树下跳来跳去。可是她们不要她参与。她一个人落寞地站在一旁,看她们游戏,有时受欢乐气氛的感染,她也会情不自禁地笑。她们看到她笑了,几个人就会呼啦一下跑走,留下她一个人孤独地站在风中。

　　中考时,学校租了大巴车,方便学生,考完同学们蜂拥而上,看到她上车,几个坏小子就会喊,校草来了。大家哄堂大笑。她窘迫地瑟缩在车的角落,低着头,眼睛盯着自己的皮鞋,强忍着不让眼泪掉下来。

　　她的成绩一直不错,后来考上省财税学校。毕业后,她被分到市税务局上班。报到那天,她们分局的简局长只瞥了她一眼,外表俊逸的简局长是唯美派,一向对长相丑陋的女人不感兴趣,几乎是反感。当看到她长得矮胖满脸横肉眼睛细小时,简局长就决定让她去打扫整个分局大楼的卫生。

读了几年税校的她,每天汗流浃背去擦分局大楼的窗户,去清扫七层楼的卫生,她心理有些不平衡。当时分局有很多走关系进来的临时工,她们几乎都不太懂税法,可是她们却优雅地坐在亮丽堂皇的大厅里上班,享受着空调凉丝丝的微风。心情抑郁的时候,她都会在心里默默念着郑板桥的名言:难得糊涂。凡事不计较,自己暗暗努力,下班后一个人躲在房间学习。

没过几年,她考到了注册税务师。新来的局长听说她是全分局唯一的注册税务师,把她调到征管业务科室,主要是针对大型企业的税收稽查。

没多久,由于她业务娴熟,工作能力突出,她又晋升为科室副科长。这一年,好事成双,在朋友牵线搭桥下,她终于在三十岁生日的时候,把自己嫁出去了。对方也是一个大龄男。两年后,他们喜获贵子。也许是做了母亲,也许是爱情的滋润,她的身段渐渐变得苗条了。

有一回,她在报纸上看到一个整容的信息,突然萌生了去做双眼皮的冲动。手术是爱人陪她去的。手术非常成功,当她看到镜中的自己,欣喜若狂,虽然眼睛还很红肿,可是和以前相比,竟然秀气了很多。

三十八岁的时候,她被提拔为分局的副局长。在家里,丈夫和她恩爱如初,喊她的昵称是大宝贝,柔情蜜意。她每天上班开着自己的蓝色别克,很低调,一如她的性格,内敛坚韧。她一头烫成海藻似的卷曲长发,风姿绰约地披在肩后。同时,她也注重自己的着装,穿得更加时尚有品位。日子过得优雅,充溢着满满的幸福。

一天,一个企业的老总,当着很多人的面,夸奖她,说她非常耐看,举止娴雅端庄,很有知性美。这是她第一次听到别人对她的赞美,也许是企业的老总奉承她,可是她满心的欢喜。微不足道的一句赞美,于她却是石破天惊。那一夜她意外失眠,想起年少时一个人孤独地站在风中,曾经的伤痛,不堪回首的往事,她感慨万千,禁不住泪流满面。她告诫自己,一定要努力,要像凤凰涅槃,浴火重生。

粉紫心情

我喜欢丝质连衣裙,滑腻轻柔,裙摆随风摇曳生姿,透出百般风情。更喜欢欣赏着丝质衣裳的女子,化淡淡的妆,有若隐若现的香水味,长到腰际的漆黑鬓发。外表看起来柔弱,骨子里却是很有主见。神情冷漠地坐在酒吧的一隅,优雅缀着红酒。好像是王家卫片中迷人的女主角,又好像是安妮宝贝笔下抑郁的女子。

夏初去省城。在可可尼专卖厅,我看中一条粉紫的连衣裙。粉紫是我最偏爱的颜色,高贵典雅,接近梦幻般的色彩,如同盛开的紫藤萝花,桑蚕丝面料,V型领开口很低,但还是恰到好处。同色的蕾丝镶边,最爱后背有个特别可爱的蝴蝶飘带,裙袂飘然,又时尚又性感。

那晚我穿上粉紫丝裙,爱人瞅了瞅赞了一句,唔,还行,今晚我请你去跳舞。我们有多久没在一起共舞了?当初我们在舞厅相识并相爱,牵手步入婚姻。浪漫的激情过后,生活趋于平淡无奇,他也整日忙碌于应酬。

我去镜前化妆,淡扫柳眉,轻抹脂粉。妆后的我笑盈盈望着爱人,爱人说,什么时候,我送你一条白金项链,配这紫裙就更好了。

临走时,爱人接了电话,他不时用眼瞥着我,看那神情就知他又要去应酬。我心纵然万般不愿,亦不会说出来。若是我不愿意他去,他肯定会陪我跳舞,可是他心有不甘,未必会尽兴,又有什么意思?

独自站在镜前,看着镜中盛装的女子,眼神落寞。放一曲《明月千里寄相思》。独自在镜前舞着华尔兹,紫色裙裾飘飘,凄艳柔媚,裙子再美丽,又如何？就像一朵在暗夜盛开的玫瑰,独自芳华。

记忆中,爱人曾经送我一条粉紫色纯棉裙子。那是初恋时分,他送我的第一件礼物。在一个月明风清的夜晚,穿着粉紫色裙子的我和他相拥着,在学校空旷的草坪上,看夜空中的星星,直到曙光初现。美好的韶华在不经意间,从指间默默滑过了。想起美丽的往事,总是让人伤感惆怅。

入夜,爱人回家。他递给我一条亮晶晶的白金项链,在灯光照耀下,璀璨夺目。站在镜前,看他给我戴项链时,笨拙的样子,所有的伤感烟消云散。在那一刹那,感受到爱人的深情。生活其实不只是怨怼,也有惊喜。

农家书屋

这次有幸参加晚报送图书到邻坡村的活动。在邻坡村委会,双方先是举行了一个简单的赠书仪式。简陋的主席台上坐着双方的领导,坐在台下的都是书的作者,没有一个旁观的村民。现在正是稻谷初熟的季节,农民刚刚进入一季繁重抢收的农忙之中。

先是领导致辞,然后是作者依次上主席台赠书。本来仪式都有些作秀的成分。因这次是赠送书籍,仪式才显得格外有些神圣。书历来被看作人类进步的阶梯。书让我们博古通今,知书达礼。在人的一生中,书是不可缺少的精神故乡,书是可以安放寂寞灵魂的地方。想到此,在灼灼烈日下的这次赠书仪式,就有些让人感动了。想到不久的将来,有很多孩子如饥似渴地捧着书翻阅,也许或多或少他们从中获益匪浅。这次赠书就不是一次单纯的赠书活动,而是一种知识的传递。就像传递火炬一样,是传承、延续、深远、厚重的。

赠送的书,后来全部送到邻坡村的农家书屋。农家书屋里有一排整齐排列,涂着白漆的玻璃书柜。书柜里已摆满各科各类的书籍,仔细瞧瞧,有唐诗三百首,有四大名著,还有一些生活类的书籍。书大多都是崭新的,不知有没有人翻阅过?还是才购买的书籍?当一抹金色的秋阳映照在农家书屋四个棣体字上,我希望农家书屋不仅仅是一种形式主义,或是适应文化建设而走过场,而是希望真正渴望读书的人能够读到自己喜欢的书。农家书屋,是一种开放式的,是大众都可以借阅的,而不是将书陈列在农家书屋的书柜子里。希望这次赠书活动是一个良好的开端,是一个好的起点。因为邻坡村的领导重视,才有了这次活动。希望书能够在农民农忙之余,带给他们一种生活的诗意,让他们忘记劳累,或启迪心灵,或明辨是非,或诙谐幽默,或让他们轻松诙谐一笑,让他们浸润在书香的意境之中,在他们质朴的心里,荡漾着一种美好的情感,提高自我素质。让书籍的芬芳照亮他们劳苦单调的岁月,温暖他们的心灵。

农家书屋,让我联想到我的少年时期。我出生在一个贫农的小山村,在物资匮乏的年代,少年的我是多么渴望读书啊!没有零花钱,想看书,只有厚着脸皮去借,然后还书就有时间的约定。每次借到小人书后,一个人悄悄地躲在屋后面桃树底下看书。看到入迷处,沉浸在故事里面,常常不知今夕是何年。

年少时喜欢走亲戚,遇到亲戚结婚或者过生日,就有很多小朋友带小人书来看,什么《地道战》、《霓虹灯下的哨兵》、《洪湖赤卫队》……别的小朋友看书,自己就依靠在他身边一起看书。有时看到一半,小朋友就拿书走了,故事就戛然而止了。悬念就在自己的心里生根发芽,牵肠挂肚,那种失落,那种沮丧,那种期待,那种复杂细微的情思,至今还记忆犹新。

看着宽敞明亮的农家书屋,想到以后邻坡村的孩子,可以端坐在这里,任意阅览书籍,应该是一件多么幸福愉悦的事情啊!

兄妹

　　西藏,小镇公厕,一个十二三岁的小姑娘收费。我在牛仔裤兜里掏了掏,才发现自己慌乱中分文未带。我冲小姑娘笑了笑说,等一会儿,我给你送钱来,好吗？小姑娘一双清澈的眼睛,纯净地望着我,我指着那辆车说,我们要在餐馆吃饭,还要逗留一段时间,相信我,会给你送钱来的。小姑娘看我着急的样子,笑了。

　　我回头拿钱送给小姑娘,小姑娘正拖一根长长黑色水管打扫卫生,看见我,她说,谢谢。

　　小姑娘长得明眸皓齿,模样很讨人喜欢。只是身上的衣服不合身,颜色很滞旧,一看,就知家境不宽裕。

　　我问她,小姑娘,你读几年级？她的神情随即黯然,幽幽说道,我早辍学了,只读了三年。没想到无意触及她的伤痛。我怜惜望着她说,对不起。小姑娘明朗一笑,没什么。我问她叫什么名字,她说,我叫尼玛。

　　乔导游招呼我,我跟尼玛道别。在路上,我跟乔导游说起尼玛。乔导游告诉我,尼玛的家在很远一个乡村,她还有一个八岁的弟弟,她父亲是流浪艺人,喜欢酗酒闹事,两年前,喝酒过量没抢救过来。两个孩子真是可怜,他们的母亲又得了重症,靠两个孩子养活。尼玛和弟弟以前到处漂泊,后来,我们吃饭的餐馆老板娘好心收留了他们。只要有机会,我就带客人过来,希望能遇上好心人帮助他们。唉！乔导游轻轻叹息。

你是我的情人，

像玫瑰花一样的女人，

用你那火火的嘴唇，

让我在午夜里无尽地销魂……

餐馆里嬉笑喧哗，大家围观一个八岁男孩，男孩稚声稚气演唱刀郎的情人。有男人打趣说，喂，小伙子，你的情人是哪一位啊？

小家伙机灵狡黠，黑漆漆的眼睛滴溜溜地转，顺手指着刚进门的乔导游说，乔阿姨就是我的情人，我喜欢她，她也喜欢我。大家哄堂大笑。

乔导游轻声告诉我，这孩子就是尼玛的弟弟巴桑。

一个男人问巴桑，你什么时候和她结婚啊？

巴桑一本正经地说，等我长大了，我就向乔阿姨求婚。巴桑向乔导游挤眉弄眼，又说，也不一定哦，说不定哪一天，我移情别恋，上次一个大姐姐也很喜欢我，她说话温柔，长得也靓。

"巴桑，你出来。"尼玛在门前招手。

巴桑擎着一个饭钵，一扫刚才的泼皮样儿，神情忧戚地说，各位叔叔阿姨好，巴桑母亲病重，我要凑钱为母亲看病，大家可怜我的孝心。我和乔导游拿出一百元丢在钵子里，大家纷纷解囊。

临上车前，尼玛和巴桑气咻咻跑来，巴桑哭丧着脸，脸上还有晶莹的泪珠，显然刚刚哭过。尼玛对巴桑说，乔姨马上就要走了，你快道歉呀。巴桑走到乔导游面前，刚才姐姐打我，说我太不懂事了，怎么能开你的玩笑，你一直都帮助我们兄妹，乔姨，对不起，我以后再也不会冒犯你。尼玛说，乔姨，对不起。乔导游掏出纸巾轻轻拭去巴桑的泪水，对尼玛说，没什么，这件事，是你不对，以后不要打弟弟，跟他说明白就行了。

汽车载着我们驶向远方。两个孩子的身影渐渐越变越小，最后消失在我们的视野里。乔导游不无忧虑地对我说，两个孩子都很聪明乖巧，巴桑以前淳朴老实，现在变了，到底他的生存环境改变了他。

班主任

那天是开学报名,精力充沛的男生们在教室里吵闹不休;女生则几个几个扎成堆谈不完的知己话。铃声响了,这时走进来一个玉树临风绝对帅呆了的男老师,他站在讲台上清了清嗓子说:"本人姓刘,年龄二十五,刚刚从华师大毕业,以后我就是你们的班主任,教你们语文,有什么问题可找我。"说完,他指了指班上几名身强力壮的男同学和他一道去搬书,然后目不斜视走在最前面。

天哪!那沙哑的男中音简直迷死人了!有男生说,咱们的班主任堪称周润发第二,干脆叫他帅哥,大家一致同意。

自从帅哥做了我们班主任,以前对班务工作一直不热情的校花、明眸善睐的文艺委员,工作热情一下子空前高涨,经常看到她们到帅哥那里汇报工作,惹得我们一帮小女生强烈嫉妒。

帅哥最喜欢品读咱们班的优秀习作,那迷人的嗓音,声情并茂地念着你的作文,该是一种怎样的幸福啊!那一学期,小女生们看优秀作文,阅读大量的文学作品,作文兴趣之浓厚令一帮男生大跌眼镜。记得一次帅哥有滋有味地读我的习作《一个难忘的人》,当时我心如鹿撞,好像时光在这一刻凝固,至今那美妙的瞬间我还记忆犹新。

在全市作文比赛中,我们班的班花荣获二等奖,这成绩在我们学校简直是破天荒的头一遭,我们学校是普通中学,能考上重点大学的简直是凤毛麟角。自然帅哥受到学校领导与老师们的刮目相看,其实班花能取得如此好的成绩,与帅哥迷人的嗓音是分不开的。

不久,台版电视剧《流星花园》风靡大江南北,每当语文晚自习,帅哥匆匆忙忙给我们布置完作业,就溜到有电视的老师家里去了。先是几个调皮的男生也跟着溜出去,他们回来后眉飞色舞地评论着,撩拨着我们这群少男少女的心。一次,在帅哥布置完作业溜走后,全班同学也都悄悄地溜出去看电视。校长得知此事后大发雷霆,自然帅哥被校长批评。接着帅哥在全班同学面前故作含蓄深沉地说:你们还很年轻,正是学知识的大好时光,珍惜光阴,你们要为我争口气,不要辜负我对你们的期望。同学们低着头暗自窃笑。

上学期结束,帅哥写好每位学生评语,并且首开先河,在全班同学面前念他对每个同学的评语。对班花的评语他是这样写的:你美丽大方,举止优雅得体,俨然一大家闺秀,望你努力学习,更上一层楼;对一个长得娇小玲珑的女生的评语是:你娇俏、清新,可爱得像邻家小妹;诸如此类如此有个性的评语一时间在学校风传。校长得知此事的结果是:气急败坏地撕了一个同学的成绩单,责令帅哥重新写学生评语。因还有两天就放寒假,帅哥只有日夜加班方才完成此事。

后来我们班竟然有三名同学考上重点大学,多么不容易啊,这可是学校首次取得如此好的成绩,校长喜出望外,他一直对帅哥标新立异的教学方法耿耿于怀,这下总算是如释重负了。

时间像流水一样汩汩流淌,我和帅哥一别已是经年,不知他现在可安好?教学风格变了没?风趣幽默依旧吗?